目次（下巻）

ハヤカワ文庫NV

〈NV1478〉

ウーマン・イン・ザ・ウィンドウ

〔上〕

A・J・フィン

池田真紀子訳

早川書房

8645

THE WOMAN IN THE WINDOW
by
A. J. Finn

Translated by
Makiko Ikeda
Published 2021 in Japan by
HAYAKAWA PUBLISHING, INC.
This book is published in Japan by
arrangement with
ICM PARTNERS
c/o CURTIS BROWN GROUP LTD.
through JAPAN UNI AGENCY, INC., TOKYO.

ジョージに

何か秘密を隠していらっしゃるのではないかしら。

――『疑惑の影』（一九四三年）

目次

ウーマン・イン・ザ・ウィンドウ

〔上〕

登場人物

アナ・フォックス……………………………精神分析医
エド………………………………………………アナの夫
オリヴィア………………………………………アナの娘
イーサン・ラッセル…………………………同じ通りに住む少年
アリステア………………………………………イーサンの父親
ジェーン…………………………………………イーサンの母親
デヴィッド………………………………………アナの家の間借り人
ジュリアン・フィールディング…………アナの主治医
ビナ………………………………………………理学療法士
コンラッド・リトル…………………………刑事
ヴァル・ノレッリ……………………………刑事
ウェスリー・ブリル…………………………精神分析医。アナの元同僚
ワッサーマン夫妻……………………………近所の住人
グレー家…………………………………………近所の住人
タケダ家…………………………………………近所の住人
リジー……………………………………………webフォーラム〈アゴラ〉ユーザー

10月24日　日曜日

1

彼女のご主人が帰ってきた。今日こそ発覚するだろう。

二一二番地の家にはカーテンの一枚、ブラインドの羽根一本ない。赤錆色《あかさび》のタウンハウスには、このあいだまで新婚のモッツ夫妻が住んでいたけれど、離婚した。夫妻のどちらとも知り合わないままになったが、その後もときおりネットで近況をチェックしている。元夫のリンクトインのプロファイル、元妻のフェイスブックのページ。二人がメイシーズ百貨店に登録した結婚祝いのウィッシュリストは、まだ期限が切れていない。食器セットを送る気になれば、いまからでも間に合う。

話を戻すと、二一二番地の窓に目隠しはいっさいない。だから並んだ窓は、縁が赤く充血した目みたいに、通りの向こうからまばたきもせずこちらを見つめる。わたしも負けずに見つめ返し、その家の女主人がインテリアプランナーを客用寝室に案内するのを目撃する。あの家はいったい何なのだろう。愛の死に場所とか？

きれいなひとだ。生まれつきの赤毛、若草色の瞳。背中に小さなほくろの列島がある。ご主人と比べると、はるかに容姿に恵まれていた。ご主人はドクター・ジョン・ミラーという心理療法医で、よりによって夫婦《カップル》カウンセリングを専門にしている。ネットを検索すると四十三万六千人のジョン・ミラーが見つかるが、いま前の通りを歩いてくるジョン・ミラーは、グラマシー公園そばにクリニックをかまえている。診療に健康保険は適用されない。不動産譲渡証書によれば、三百六十万ドルで新居を購入した。商売繁盛しているようだ。

奥さんについては、よく知っている部分もあれば、知らない部分もある。主婦業はあまり得意ではないようだ。引っ越してきて八週間たつというのに、ちっちっ、窓にカーテンさえないのだから。ヨガ教室に通っているらしく、週に三度、ヨガマットを魔法の絨毯《じゅうたん》みたいに丸めて小脇に抱え、ルルレモンのぴちぴちのヨガタイツを穿《は》いて、颯爽《さっそう》と玄関ポーチの階段を下りてくる。どこかでボランティア活動もしているのだろう、毎週月曜と金曜の十一時過ぎ、わたしが起床するころに出かけていき、夕方五時から五時半のあいだ、わたしが腰を落ち着けて夜の映画鑑賞を始めるころに帰宅する（今夜の上映予定作品は『知りすぎていた男』。もう何度見たことか。わたしは〝見すぎる女〟だ）。

奥さんは午後から一杯飲むのが好きらしい。わたしも同じだ。朝から一杯飲むのも好きだろうか。わたしと同じで。

年齢は謎だ。ドクター・ミラーより年下なのは確実だろうし、わたしよりも若い（身のこなしも軽快だ）。名前は想像するしかない。わたしは勝手にリタと呼んでいる。『ギルダ』のリタ・ヘイワースを彷彿《ほうふつ》とさせるからだ。〈まるで興味ないわね〉——あのせりふは何度聞いてもしびれる。

わたし自身は、大いに興味がある。リタの体に、ではない。青白い尾根のような背骨、発育不全の翼みたいな肩甲骨、乳房を優しく包むベビーブルーのブラ。そういったものが一つでもファインダーに浮かび上がると、わたしは即座にレンズを別のところに向ける。でも、リタの暮らしぶり、彼女の二重生活は気になってしかたがない。二重生活か。生活らしい生活が一つもないわたしより、二つも多い。

少し前、正午少し過ぎ、リタがインテリアプランナーを招き入れて玄関のドアを閉めるのと入れ違いに、ご主人が角を曲がって現れた。異例の事態だ。日曜日、ドクター・ミラーはかならず三時十五分に帰宅するのだから。

なのにいま、ドクターは白い息を吐きながら歩道を悠然と歩いてくる。片手にブリーフケースを提げている。結婚指輪がきらめく。わたしは彼の足もとにズームした。バーガンディ色のオックスフォードシューズ。磨き抜かれた革が秋の陽射しを集め、一歩ごとにその光をまき散らしている。

レンズをドクターの顔に向けた。オプテカのズームレンズをつけたニコンD5500は何一つ見逃さない。ドクターの白髪交じりの髪はぼさぼさで、眼鏡のフレームは華奢《きゃしゃ》で安っぽい。頬に散った小さな浅い池に、無精ひげの小島が浮かんでいる。顔より靴のほうがよほど手入れが行き届いている。

ふたたび二一二番地の窓。リタとインテリアプランナーはハイペースで服を脱いでいる。いまなら番号案内に問い合わせ、あの家に電話をかけて忠告することもできる。でも、電話はしない。人間観察は自然写真と似ている。野生生物の営みに干渉はしない。

ドクター・ミラーは玄関まであと三十秒の距離まで来ている。リタの唇はインテリアプランナーの首筋を這っている。ブラウスが脱ぎ落とされた。

ドクターがさらに四歩進む。五歩、六歩、七歩。最長で、あと二十秒。

リタはインテリアプランナーのネクタイを前歯ではさみ、彼を見上げて微笑《ほほえ》む。シャツをまさぐる。インテリアプランナーがリタの耳たぶをそっと噛む。

ドクターは歩道の敷石が浮いたところをまたいだ。あと十五秒。

ネクタイが抜き取られた。シャツの襟にこすれる音が聞こえるようだった。リタがネクタイを床に放る。

あと十秒。わたしはズームの倍率をさらに上げる。長い鼻のようなレンズが期待にひくついた。ポケットから鍵の束を取り出すドクターの手。あと七秒。

リタがポニーテールをほどく。髪が揺れながら肩に落ちる。

三秒。ドクターがポーチの階段を上る。

リタはインテリアプランナーの背中に腕を回して濃厚なキスをしている。

ドクターが鍵を鍵穴に差しこむ。ひねる。

リタの顔にズームインした。彼女の目がはじかれたように開く。鍵の音が聞こえたのだ。

わたしはシャッターを切る。

そのとき、ドクターのブリーフケースの蓋が開く。

すべり出た書類が風にさらわれて路上に散らばった。わたしは急いでレンズをドクターに向ける。ドクターの口がひとこと悪態をつく――「くそ」。ブリーフケースを玄関脇に置き、何枚かをぴかぴか輝く靴で踏んで押さえながら、ほかの書類を拾い集める。一枚が風に乗って飛び、街路樹の枝に張りついた。ドクターはそれに気づいていない。

ふたたびリタ。あたふたとブラウスを着て、髪を後ろになでつけ、部屋から飛び出していく。捨て置かれたインテリアプランナーはベッドから起き上がり、ネクタイを拾ってポケットに押しこむ。

風船から空気が抜けるように、わたしは息を吐き出す。無意識のうちに息を止めていたらしい。

玄関のドアが開き、リタが階段を駆け下りながら夫の名を呼ぶ。ドクターが振り向いた。その顔にはきっと笑みが浮かんでいるだろうけれど、ここからは見えない。リタがかがんで、歩道に落ちた書類を拾い集める。

インテリアプランナーが戸口に現れた。片方の手をポケットに押しこみ、もう一方を〝やあ〟のポーズで上げている。ドクター・ミラーも手を振った。階段を上り、ブリーフケースを拾い上げて、インテリアプランナーと握手を交わす。二人は家のなかに消え、リタもそのあとに続く。

残念。また次回。

10月25日　月曜日

2

いましがた、車が通っていった。霊柩車《れいきゅうしゃ》のようにゆっくりと、音もなく、闇にテールライトの輝きを引きずって。「新しいご近所さんが引っ越してきたみたい」わたしは娘に言った。

「どの家？」

「公園の向こう。二〇七番地」車から一家が降りてきた。闇夜の幽霊のようなおぼろな影が、車のトランクから次々に箱を取り出している。

オリヴィアが何かをすすった。

「何食べてるの？」わたしは訊《き》いた。今日は中華の日だ。ということは、あんかけ焼きそばに決まっている。

「あんかけ焼きそば」

「マミーと話すか食べるか、どっちかにしなさい」

またしてもすする音。咀嚼《そしゃく》音が続く。「ほっといてよ、ママ」以前は〝マミー〟だった。わたしは〝マミー〟と甘ったれてもらいたいのに、それはだんだんに減って、いまでは〝ママ〟が定着している。あきらめろよとエドは言うが、自分はいまでも〝ダディ〟と呼ばれているからそんなことが言えるのだ。

「挨拶に行っておけば」オリヴィアが言った。

「そうしたいところだけど、パンプキン」わたしはゆるゆると階段を上った。二階からのほうがよく見える。「そうだ。そこらじゅうハロウィーンのかぼちゃ《パンプキン》だらけなのよ。どこの家も飾ってる。グレー家なんて四つも置いてる」踊り場まで来た。片手のグラスからワインをひと口。「うちの分も買いに行きたいところだけれど。ダディにおねだりしてね」グラスからまたひと口。「二つ買ってもらって。一つはあなたの分、一つはマミーの分」

「わかった」

暗いバスルームの鏡の上をわたしの姿がよぎる。「そっちは楽しい、パンプキン？」

「うん」

「さみしくない？」ニューヨークには友達らしい友達はいなかった。オリヴィアは人見知りがひどいし、まだほんの子供だ。

「うん」

わたしは階段の上の暗がりを見上げた。てっぺんにドーム型の天窓があって、日中はそこから陽射しが降り注ぐが、夜は吹き抜けの階段の底をひたすらのぞくうつろな目だ。

「パンチに会いたくなったりしない？」

「しない」オリヴィアはもともと猫のパンチとも気が合わなかった。ある年のクリスマスの朝、パンチがオリヴィアを引っ掻いた。鋭い爪が一閃《いっせん》したかと思うと、次の瞬間、オリヴィアの手首に真っ赤な血の格子が浮かび上がった。〇×ゲームのマス目。エドは怒り、パンチを捕まえて窓から放り出そうとした。そういえばパンチはどこだろう。見回すと、パンチは図書室のソファで丸くなってわたしをじっと目で追っていた。

「ダディと代わってくれる、パンプキン」わたしは次の踊り場まで上る。階段マットが足の裏をざらざらとこする。籐《とう》のマット。どうして籐なんか選んだのだろう。籐は染みがつきやすい。

「よう、スラッガー」エドの声が聞こえた。「新顔が来たって？」

「そうよ」

「ついこのあいだも誰か引っ越してこなかったか」

「それは二カ月も前。二一二番地ね。ミラー夫妻」わたしは方向転換して階段を下りた。

「今度は何番地？」

「二〇七。公園の向こうの家」

「住人が入れ替わる時期らしいな」

踊り場でまた折り返す。「今度の人たち、ほとんど荷物がないみたい。車一台で来た」

「あとで業者が運んでくるんだろう」

「かもね」

沈黙。ワインをひと口。

リビングルームの暖炉の前に戻った。部屋の隅は影に沈んでいる。「なあ……」エドが切り出そうとする。

「男の子が一人」

「え？」

「男の子が一人」わたしはそう繰り返し、冷たい窓ガラスに額を押し当てた。ハーレムのこの界隈にはまだ街灯がほとんどなく、くし切りのレモンみたいな月の明かりだけが頼りだ。それでも三人のシルエットは見分けられた。箱を抱えて車と玄関を往復しているのは、おとなの男性、おとなの女性、そして背の高い少年だ。「十代の男の子ね」

「取って食おうなんて考えるなよ、クーガー」

昼から、思いがけない言葉がこぼれ落ちた。「家族そろって一緒にいたいのに」

わたしは愕然《がくぜん》とした。気配から察するに、エドも驚いている。短い沈黙があった。

まもなくエドが言った。「きみにはまだ少し時間が必要だよ」

わたしは黙っていた。

「医者からも言われてるだろう。あまり頻繁に話をするのはよくないって」

「そう言った医者はこのわたしなんだけど」

「そう言った医者はほかにもいる」

背後で指の関節が鳴るような音がした。暖炉で火の粉が噴き上がる。炎はすぐに落ち着いて、格子の奥で独り言をつぶやき始めた。

「新しく引っ越してきた人たちを家に招《よ》んでみたら」エドが言った。

わたしはワインの残りを飲み干す。「今夜はこのくらいにしておく」

「アナ」

「何よ、エド」

エドの息づかいまで聞こえるようだった。「一緒にいられなくて残念だ」

自分の鼓動まで聞こえるようだった。「わたしも同じ気持ちよ」

パンチがわたしを追って一階に下りてきていた。わたしは片手でパンチを抱き上げてキッチンに向かった。カウンターに電話を置く。寝る前にもう一杯だけ。

わたしはボトルの首をつかみ、窓辺に行くと、歩道を行きつ戻りつする幽霊三体に向け、乾杯するようにボトルを掲げた。

10月26日　火曜日

3

去年のいまごろ、この家を売却するつもりで動き始めた。不動産屋に依頼もした。オリヴィアが翌年九月からミッドタウンの学校に通うことが決まって、エドはレノックスヒルにリノベーション向きの新居をすでに見つけていた。「改装はきっと楽しいぞ」エドは期待をこめて言った。「ビデを設置しよう。きみ専用に」わたしはエドの肩を力いっぱい叩いた。

「ビデってなあに？」オリヴィアが訊いた。

でもそのあと、エドはオリヴィアを連れていってしまった。ゆうべ、お蔵入りになった不動産広告の売り文句をふと思い出して、わたしの心はまたもや引き裂かれそうになった。

〈一九世紀建築の傑作！　ハーレムのランドマーク。丹精《たんせい》こめてリノベしたファミリー向け邸宅〉。〝傑作〟と〝ランドマーク〟に関しては意見が分かれそうだ。ハーレムにあるのは動かしがたい事実で、一九世紀建築も間違いない（一八八四年築）。〝丹精こめてリノベ〟は保証する。ついでに言えば、少なからぬ費用も注いだ。〝ファミリー向け〟もそのとおり。

わたしの王国とその前哨《ぜんしょう》基地のあらましは——

地下室：不動産屋の表現を拝借するなら〝メゾネット〟。通りから一段低くなっていて、一フロア一室、独立した玄関がある。キッチン、バスルーム、寝室、こぢんまりしたオフィス。エドが八年間、仕事場にしていた部屋だ。テーブルにはいつも設計図が広げられていて、壁には建築企画書が鋲《びょう》で留めてあった。現在は賃貸中。

庭：庭というよりパティオ。一階から出入りできる。ライムストーンのタイル敷き。久しく誰も座ったことのないアディロンダックチェアが二脚。奥の片隅に、傾いたトネリコの若木が一本。瘦せてわびしげな様子は、友達のいないティーンエイジャーのよう。ときおり、行って抱き締めたい衝動に駆られる。

一階《ファーストフロア》：イギリス人なら〝グラウンドフロア〟、フランス人なら〝プルミエエタージュ〟と呼ぶ階（わたしはどちらでもないが、レジデント期間にオックスフォードに住んでいた——偶然にもメゾネットに。この七月からは、オンライン講座でフランス語《フランセ》の勉強を始めた)。キッチンはオープン型で〝ゆったりとして優雅〟(これも不動産屋の言い回し)、庭に面した裏口と、公園に面した勝手口がある。ホワイトバーチ材を張った床には、メルローの赤い染みが増殖中。廊下を行くと、洗面台とトイレだけの簡易バスルームがあり、わたしはそこをレッド・ルームと呼んでいる。ベンジャミン・ムーア塗料のカタログによれば、壁は〝トマトレッド〟色にペイントされている。リビングルームにはソファとコーヒーテーブルがあり、床のペルシャ絨毯はまだまだふかふかだ。

二階:図書室(エドの部屋。書棚はどれも満杯。ひび割れた背や色褪《いろあ》せたカバーがぎゅうぎゅう詰めで並んでいる)と書斎(わたしの部屋。家具はほとんどなくて、日当たりと風通しは良好。イケアのテーブルにデスクトップ型のマックが一台あって、それがわたしのオンライン・チェスの対戦場)。この階にも洗面台とトイレだけの簡易バスルームが一つ。ここの壁は〝聖なる水の氾濫〟というブルーに塗ってある。トイレ空間に使うには、野心的な色名か。ほかに、奥行きのある納戸も一つ。ここはそのうち暗室に改装しようかと思案中。デジタルからフィルムに移行することがあれば。自分では、フィルムカメラ熱はやや冷めてきているように思う。

三階:マスターベッドルーム(主人《マスター》というより女主人《ミストレス》?)とバスルーム。今年はほとんどの時間をベッドで過ごした。マットレスは好みの硬さにカスタマイズできるタイプで、エドは自分の側の半分を羽毛布団みたいにふわふわに設定した。わたしの側は硬め。「きみは煉瓦《れんが》の上で寝てるんだな」いつだったか、エドはわたしの側のシーツを太鼓みたいに叩きながらそう言った。

「そっちは綿雲の上で寝てるのね」わたしは言い返した。するとエドは長くて優しいキスをした。

二人が行ってしまい、ベッドから起き上がることさえできなくなっていた暗黒の数カ月、寄せては返す波のように、マットレスのこちらから向こうの端までゆっくりと転がり、また向こうからこちらに転がって、シーツを体に巻きつけてはほどくを繰り返して過ごした。

この階にはほかに、専用のバスルームがついた客用寝室がある。

四階：昔々は使用人の住まいだった階。いまはオリヴィアの寝室になっている部屋と、もう一つ客用寝室がある。夜、わたしはときおり幽霊のようにオリヴィアの部屋をうろつく。日中は、陽射しのなかを埃《ほこり》がゆっくり行き交う様子を入口からぼんやり眺める。一週間くらい、四階に一度も行かないこともたまにあって、そういうとき、肌に落ちた雨の感触が消えるように、四階の存在は記憶に溶けて消える。

それはさておき、エドやオリヴィアとはまた明日話すことにしよう。今日のところは公園の向こうの家に人の気配はない。

10 月 27 日　水曜日

4

二〇七番地の玄関が開いて、ひょろりと痩せた十代の少年が飛び出してきた。出走ゲートから飛び出す馬のようだ。少年はギャロップで通りを東に向かい、わたしの家の前を駆け抜けた。じっくり観察する暇はなかった。夜更けまで『過去を逃れて』を見ていたわりに、今朝はいつになく早くから目が覚めて、メルローを一杯飲むべきか否か、考えあぐねているところだった。それでも、矢のように飛んでいく金色の髪と、ストラップを片方だけ肩にかけたバックパックはちらりと見えた。次の瞬間にはもう、少年の姿は消えていた。

グラスに赤ワインを注ぎ、ふわふわと階段を上り、書斎の机について、愛機ニコンを引き寄せた。

二〇七番地のキッチンに一家の父親が見えた。上背があって肩幅が広い。明るいテレビ画面が奥にあるせいで、なかばシルエットになっている。わたしはファインダーに目を当ててズームした。『トゥデイ』を見ているようだ。わたしも一階に下りてテレビをつけ、ご近所さんと一緒に朝の情報番組を眺めようか。あるいは、ここからレンズ越しに二〇七番地のテレビで見るという手もある。

後者にしよう。

最後に通りから二〇七番地の家を見たのはずいぶん前のことだけれど、ありがたいことに、グーグルにストリートビューというものがある。白漆喰《しっくい》塗りの石壁、屋根の上の見晴台。しいて言うならボザール様式か。もちろん、ここからは二〇七番地の東側しか見えない。こちらに面して窓があるキッチン、二階のリビングルーム、その上の寝室はよく見える。

昨日、引越業者が来て、ソファやテレビ、古めかしい衣装簞笥《だんす》を運びこんだ。ご主人が一人で仕切っていた。引っ越してきた夜以来、奥さんは一度も見ていない。どんな感じの人だろう。

午後、ハンドル名〈ルークンロール〉にチェックメートを宣言しようとしたところで、玄関のブザーが鳴った。一階に下りて玄関ドアのオートロック解除ボタンを押し、リビングルームと玄関ホールを仕切るドアの鍵を開けると、地下室を貸しているデヴィッドがホールに立っていた。いつもどおりワイルドでセクシーだ。とにかくハンサムなのだ。すっと細い顎、吸いこまれそうな深い瞳、黒っぽい髪に彫りの深い目鼻立ち。夜遊び帰りのグレゴリー・ペックといったところだ（わたし一人の思いこみではない。その証拠に、デヴィッドはしじゅう女性をお持ち帰りしている。わたしは見かけて、というより聞いて、そのことを知っている）。

「今日は泊まりがけでブルックリンに行く」デヴィッドが言った。

わたしは髪をかき上げた。「そう」

「その前に何か用があれば」誘い文句に聞こえなくもない。フィルムノワールのせりふみたいに。〝用があったら口笛吹いて〟（『脱出』の女優ローレン・バコールの有名なせりふ）

「ありがとう。とくにないわ」

デヴィッドはわたしの背後をじっと見る。「電球の交換は？　ずいぶん暗いけど」

「暗いのが好きなの」わたしは答えた。〝男もね〟と付け加えたくなった。それって『フライングハイ』のギャグだった？（映画『フライングハイ』のせりふ。「（コーヒーは）ブラックが好きなの。男もね」）「がんばってね」

何を？　女あさり？　夜遊び？　「その……楽しんできてね」

デヴィッドが向きを変える。

「ねえ、内階段で上がってきてくれてかまわないのよ」わたしは冗談にも聞こえるような調子で続けた。「わたしなら、ほら、たいがい家にいるわけだし」デヴィッドを笑わせたかった。地下の部屋に越してきて二カ月、デヴィッドの笑顔はまだ一度も見たことがない。デヴィッドはうなずいた。そして行ってしまった。

わたしはドアを閉めた。


鏡で自分をよくよく観察する。放射状に目を取り巻く小皺《こじわ》。肩くらいの長さのダークブラウンの髪には、ところどころ灰色のものが交じっている。脇のむだ毛が伸びかけて、無精ひげのようだ。腹まわりはたるんでいる。太ももにはえくぼのようなセルライトが点々と散り、肌は不気味なくらい青白く、腕や脚の内側に青紫色の静脈が透けている。セルライト《ディンプル》、点々《スティプル》、無精ひげ《スタブル》、小皺《リンクル》。いますぐテコ入れを図ったほうがいい。かつてのわたしは、人によっては、たとえばエドによれば、〝素朴な美人〟だった。「こんなに安心できる人はいないと思ってたのに」結婚生活の終わりごろ、エドから悲しげにそう言われた。

タイル張りの床に目を落とす。すらりときれいな形をした足の指と爪が並んでいる。わたしの長所の一つ（または十本）だが、いまは小型肉食獣の鉤爪《かぎづめ》にしか見えない。洗面台の戸棚を開け、トーテムポールのように積み上がった薬の容器の陰から爪切りを発掘した。やれやれ。たった一つでも、自分でいますぐ解決できる問題があってよかった。

10 月 28 日　木曜日

5

昨日、不動産譲渡証書が公開された。新しいご近所さんの名前は、アリステア・ラッセルとジェーン・ラッセル、ささやかな新居を三百四十五万ドルで購入した。グーグル検索によると、アリステアは中堅コンサルティング会社の役員で、ニューヨークに移ってくる前はボストン支社に籍を置いていた。ジェーンは追跡不可能だ。検索エンジンの検索文字列に試しに〈ジェーン・ラッセル〉と入力してみれば、なぜなのかわかる。

さて、二人が新天地に選んだこの一角は、活気にあふれた住宅街だ。

この通り――ここより入る者、いっさいの望みを捨てよ（ダンテ『神曲』地獄篇より）――に面した住宅のうち、わたしの家の南の窓から見えるのは五軒で、真向かいの家にはミラー一家が住んでいる。ミラー家の東側には、ふたごみたいにそっくりな二軒、名づけて〝グレー・シスターズ〟が並ぶ。おそろいのボックスコーニスつきの窓、おそろいの深緑色の玄関ドア。向かって右の家――〝濃いほうのグレー〟――の主は、古株の住人、ヘンリーとリサのワッサーマン夫妻だ。「うちは四十年以上も住んでるのよね」わたしたちが引っ越してきたとき、ミセス・ワッサーマンは得意げにそう言った。前は「堅実な人ばかり」だったところに「いまどきのヤッピー族」がまぎれこむようになって、自分（「と、うちのヘンリー」）がどれほど腹立たしく思っているか（「ご本人たちにも」）伝えておくために、わざわざ訪ねてきたらしい。

エドは頭から湯気を立てた。オリヴィアはぬいぐるみのウサギにヤッピーという名前をつけた。

ワッサーメン――わたしたちはワッサーマンという姓を複数形にしたあだ名で呼んだ――は、それ以来、一度たりとも話しかけてこない。わたしが一人で暮らすようになり、ミセス・ワッサーマン呼ぶところのヤッピー族の構成メンバーがたった一人になったいまも、それは同じだ。グレー・シスターズのもう一軒、グレーという、住む家にふさわしい姓を名乗る隣人にも、同様の態度を貫いているようだ。グレー家は、十代のふたごの娘、企業買収合併《M&A》の小規模専門会社の役員を務めている父親、熱心なメンバーが集まる読書クラブを主宰している母親の四人家族だ。クラブの読書会開催のお知らせによれば、今月の課題図書、グレー家の客間に集まった八名の中年女性がいままさに活発に意見を交換している作品は、トマス・ハーディの『日陰者ジュード』だ。

わたしも同じ本を読み、クラブの一員のつもりでコーヒーケーキを頬張り（入手困難につき、気分だけ）、ワインのグラスを傾ける（こちらは在庫あり）。「あなたはどんな感想をお持ちになったかしら、アナ？」とクリスティン・グレーに話を振られたら、わたしは「日陰者の話だけあって、暗いですね」と答え、みんなで笑う。現に読書会の女性たちは笑っている。わたしも一緒に笑ってみる。ワインをひと口。

ミラー家の西側はタケダ家だ。ご主人が日本人で、奥さんは白人、息子さんはありえないレベルの美少年で、チェロを弾く。暖かい季節、息子さんがリビングルームの窓を開け放して練習を始めると、エドはかならずうちの窓も開けた。去年だったかおとしだったか、六月のある晩、エドとわたしはバッハの組曲に乗せてダンスをした。わたしはエドの肩に額を預け、エドはわたしの背中に回した両手を組み、はす向かいの家の少年が奏でる音色に合わせ、キッチンで優しく体を揺らした。

今年の夏も、チェロの音色が通りを渡ってうちのリビングルームを訪れ、窓ガラスを礼儀正しくノックした――「入れて」。わたしは窓を開けなかった。開けられなかった。わたしはどの窓も絶対に開けない。それでも、チェロのせがむようなささやき声はガラス越しにずっと聞こえていた――「入れてちょうだい。ねえ、入れてちょうだいったら！」。

タケダ家の西側、二〇六とそのとなりの二〇八番地は、二区画にまたがるタウンハウスになっている。二年前の十一月にどこかの有限会社が購入したきり、いまだ誰も引っ越してこない。何がどうなっているのか。いつからか建物の全面に足場が組まれ、そのまま放置されて空中庭園のようになっていたけれど、それも一年くらいたったころ、一夜にして消えた。それがエドとオリヴィアがいなくなる数カ月前の話で、以来、変化はない。

わたしの南方の帝国とその構成員はそんなところだ。友達と呼べる人はこのなかにいない。ほとんどが一度か二度、挨拶を交わしたことがある程度の間柄だ。都会なんてそんなもの。ワッサーメンもそのあたりは心得ていたのかもしれない。あれからわたしに何が起きたか、あの夫婦は知っているだろうか。


東どなりには、廃屋になりかけたカトリック学校が、わたしの家にもたれかかるようにして建っている。この聖ディンプナ女子学院は、わたしたちが越してきたときにはもう廃校だった。オリヴィアが何かしでかしたときなど、聖ディンプナに通わせるわよと脅したものだ。壁はざらざらしたブラウンストーン張りで、窓は埃とすすで黒く汚れている。少なくとも、わたしの記憶ではそうだった。この目で見たのはずいぶん前のことだ。

西どなりは公園だ。縦も横もタウンハウス二軒分の小さな公園で、煉瓦敷きの小道をたどると、うちの前の通りからすぐ北側の通りに抜けられる。南北の入口にスズカケの木が一本ずつ番人のように立っていて、いまがちょうど紅葉の盛りだ。通りとの境は低い鉄のフェンスで仕切られている。ふたたび不動産屋の言葉を借りるなら、古風で趣のある公園だ。

そして公園の向こうに、二〇七番地が見える。前の所有者のロード夫妻は、二カ月前に家が売れるや、さっそくフロリダ州ヴェロビーチのシニア向け住宅に引っ越していった。その購入者がアリステアとジェーンのラッセル夫妻というわけだ。

ジェーン・ラッセル！　往年の大女優だというのに、理学療法士のビナはそんな人は知らないと言った。「知らない？　『紳士は金髪がお好き』」

「好みなんて、人それぞれだと思うけど」というのがビナの反応だった。ビナはまだ若い。知らないのはきっと若いからだ。

そんなやりとりが今日あって、反論はいろいろあったけれど、ビナに左脚を持ち上げられ、そのまま右脚の向こうに倒して体をぐいぐいねじられていたから、それどころではなかった。痛くて息も止まりかけていた。「もも裏が凝り固まってるよ」ビナは言った。

「鬼！」わたしはあえいだ。

ビナはわたしの膝を容赦なく床に押しつけた。「だって、お金もらって手抜きするわけにいかないもんね」

わたしは顔を歪めた。「じゃあ、お金を払ったら帰ってくれる?」

ビナは週に一度来て、(わたしの観点からは)人生を憎む手伝いをし、ついでに自分のセックスライフを報告する。ビナのセックスライフはわたしに負けず劣らず単調だ。唯一の違いは、ビナの場合はえり好みが激しいのが主な理由という点だろう。「このアプリを使う男の半分は、五年前の顔写真を登録してるんだよね」ビナはそう不満げに言う。豊かな髪が片方の肩に滝のように流れ落ちる。「もう半分は既婚者。残り半分は、いまだ独身なのも納得のワケあり」

半分が三つあって勘定が合わないと気づいたとしても、体をぐいぐいねじられている最中には、指摘せずにおくのが無難だろう。

ひと月前、ものは試しと自分に言い訳して、〈Happn〉とかいうその出会い系アプリにわたしも会員登録した。ビナからの事前情報を信じるなら、街ですれ違った会員と縁結びしてくれるアプリだ。でも、そもそも誰ともすれ違わない場合は? 行動範囲が計三五〇平方メートルの四フロアに限定されている会員には、何をしてくれる?

縁結び以前の問題だった。アプリをインストールして初めて表示されたのは、デヴィッドのプロフィールだ。わたしは速攻で退会した。

数日前に一度だけちらりと見て以来、ジェーン・ラッセルの姿を見ていない。おとなりのジェーンは、魚雷形のおっぱいと折れそうに細いウェストの持ち主だった女優のジェーンほどにはグラマラスな体型には見えなかったけれど、他人《ひと》のことは言えない。息子さんは昨日の朝、ほんの一瞬視界をかすめただけだ。でも、ご主人――広い肩、細い眉、刃物みたいに薄く鋭い鼻筋――は、いつ見ても在宅していた。キッチンで卵を泡立てていたり、リビングルームで本を読んでいたり。そしてときおり、誰かを探しているようなそぶりで寝室をのぞきこんでいる。

10月29日　金曜日

6

今日はフランス語のレッスン、夜は『悪魔のような女』。品性下劣な夫、その夫の言いなりになるばかりの気弱な妻、夫の愛人、殺人、消えた死体。消えた死体の謎。それ以上に魅惑的な謎なんてある？

お楽しみの前に仕事を片づけなくては。わたしは薬をのみ、デスクトップ型のマックの前に座り、マウスを動かして、パスワードを入力した。〈アゴラ〉にログインする。〈アゴラ〉には、昼夜を問わず、そう、文字どおり二十四時間無休で、最低でも数十人のユーザーがログインしている。地球をすっぽり覆う星座のようだ。何人かは名前も知っている。サンフランシスコのベイエリアに住むタリア。ボストンのフィル。ミッツィという弁護士らしからぬ名前のマンチェスター在住の弁護士。ボリビアのペドロが操る英語の片言ぶりは、わたしのフランス語とたぶんいい勝負だ。ほかのユーザーはハンドル名で通している。わたしもだ。初めは茶目っ気を出して、実名のアナと広場恐怖症患者《アゴラフォーブ》を合体させたAnnagoraphobeというハンドル名を使っていたが、あるユーザーに精神分析医であることを明かしたとたん、一気に噂が広まった。そこでいまはthedoctorisin（ドクター診療中）を名乗っている――次の方、診察室へどうぞ。

広場恐怖《アゴラフォビア》は、ギリシア語の広場《アゴラ》と恐怖《フォボス》を合成した言葉で、精神医学の世界では不安障害の一種に分類されている。一八〇〇年代の文献に初めて登場したのち、百年後に「独立した障害として記載された」が、基本的にはパニック障害に伴って発症すると考えられている。詳しく知りたければ『精神疾患の診断・統計マニュアル第5版』をひもとくといい。略称は『DSM-5』だ。この略称を見ると、いつも噴き出してしまいそうになる。シリーズものの映画のタイトルみたいだから。〈精神疾患4がお気に入り？　だったら続篇もオススメ！〉

医学文献の診断基準は、尋常でなく想像力豊かだ。「広場恐怖が生じやすい典型的な状況として、家の外に一人でいること、混雑のなかにいること、または列に並んでいること、橋の上にいること……などがある」橋の上に立てたらどんなにいいだろう。それを言ったら、行列にだって並んでみたい。次の表現も気に入っている。「劇場などの長い列の中央に座る」。そうよね、スクリーンの正面に座らなきゃ。

参考までに、広場恐怖の説明は『DSM‐5』の英語版一一三から一三三ページにある。

わたしたち——もっとも重症な患者、心的外傷後ストレス障害（PTSD）に苦しんでいる患者——のほとんどは、混沌としていて広すぎる外の世界から隠れて自宅に引きこもっている。大勢の人でにぎわう場所が怖くて近づけない人もいれば、嵐のような往来に怯える人もいる。わたしが怖いのは、果てしなく広がる空、見渡すかぎりの地平線、気まぐれな大自然、人を押しつぶそうとする野外の圧力だ。『DSM‐5』は、百八十六項目もある脚注を早く説明しなくちゃと焦っているかのように、すべてひっくるめて「広い場所」という曖昧なフレーズ一つで片づけている。

医師の立場で言えば、広場恐怖に苦しむ人はコントロール可能な環境を望む。それが医学的な解釈だ。半面、苦しむ人の立場で言えば（医療の現場では〝苦しむ人〟という表現が実際に使われる）、わたしの人生は広場恐怖症によってめちゃくちゃにされたというより、完全に乗っ取られたというほうがふさわしい。

〈アゴラ〉のトップページが表示された。まずは掲示板に行き、スレッドのタイトルをざっと眺めた。〈三カ月、外に出ていません〉。つらいわよね、Kala88。わたしはそろそろ十カ月になるけど、外に出られないのはあいかわらずよ。〈精神状態によって症状が出たり出なかったりするのはどうして？〉。対人恐怖症を疑ったほうがいいかもしれないわ、EarlyRiser。あとは甲状腺機能障害のおそれも。〈いまだに仕事が見つかりません〉。あ、メガン――わかるわ、不安でたまらないわよね。エドのおかげで、わたしは生活の心配をせずにすんでいる。でも以前担当していた患者たちに会えないのはさみしい。あれからみんなどうしているだろう。

新参の会員からメールが届いていた。そこで、春ごろ作ったサバイバル・マニュアル〈パニック障害と診断されたら〉に誘導した。深刻すぎないタイトルが、とっつきやすくていいのではと自分では思っている。

Q：食事はどうしたら？

A：ブルー・エプロン、プレーテッド、ハロー・フレッシュ……アメリカ国内なら、食材宅配サービスがよりどりみどり！　ほかの国や地域にも似たようなサービスがきっとあるはず。

Q：処方薬を受け取るにはどうしたら？

A：アメリカの大手薬局であれば、自宅の玄関まで届けてくれます。それでは解決できない場合は、主治医を通して近所の薬局に相談してみましょう。
Q：家の掃除はどうしたら？
A：掃除するしかありません！　家事サービスを契約するか、自分で掃除しましょう。
（わたしはどちらも怠っている。そろそろ一度は大掃除しないと）
Q：ごみ出しはどうしたら？
A：家事サービスにお願いするか、友達に手伝ってもらいましょう。
Q：退屈しないようにするにはどうしたら？
A：うーん、これは難しい質問ですね……

などなど。我ながらまずまず悪くない出来だと思っている。こういうものがあったら、自分のときももう少し楽だっただろう。
画面に新しいチャットボックスが開いた。

Sally4th：こんにちは、先生！

わたしの唇が小さく震えて笑みを作った。サリーはオーストラリアのパース在住の二十六歳の女性で、今年の春、イースターの休日にレイプ被害に遭った。腕を骨折し、目や顔にひどい打撲傷を負った。犯人の身元はいまだ不明で、逮捕もされていない。サリーは四カ月間、自宅に閉じこもって過ごした。世界で一番隔絶された街で、孤独に。でも十週間ほど前からぼちぼち外に出るようになっている。オーストラリア流の褒め言葉を使うなら、〝よくやった《グッド・オン・ユー》〟だ。精神分析医、嫌悪療法、プロプラノロールの合わせ技。何が効くといって、ベータ遮断薬が最強だ。

thedoctorisin：こんにちは、サリー！　元気？

Sally4th：絶好調！　今朝はピクニック行った!!

サリーはいつでもエクスクラメーション・マークを多用する。鬱《うつ》のどん底だった時期でもそうだった。

thedoctorisin：どう、楽しかった？
Sally4th：生きて帰れたよ！　:）

絵文字も好きだ。

thedoctorisin：すごいじゃない！　インデラル（プロプラノロールの商品名）が合ってるみたい？
Sally4th：合ってる。80 mgに減った
thedoctorisin：一日二回？
Sally4th：一回!!
thedoctorisin：最低用量ね！　すごいじゃないの！　副作用はどう？
Sally4th：ドライアイくらいかな

それは幸運だ。わたしも似たような薬を（ほかの薬も併せて）服用中で、たまに頭痛で脳味噌が爆発しそうになる――プロプラノロールは次のような副作用を起こすことがあります。偏頭痛、不整脈、息切れ、抑鬱、幻覚、重度の皮膚炎、吐き気、下痢、性欲減退、不眠、眠気。「その薬にない副作用はないの？」エドは冗談めかして言った。

「人体自然発火とか」わたしは言った。「いっそ死なせてくれって思うくらいの憂鬱」「苦しくて時間のかかる死」

thedoctorisin：症状がぶり返したりは？
Sally4th：先週ちょっとだけ
Sally4th：でも乗り切った
Sally4th：呼吸エクササイズ
thedoctorisin：紙袋エクササイズね。
Sally4th：あれバカっぽいけど効くね
thedoctorisin：たしかに効果抜群。りっぱよ。
Sally4th：ありがと：)

ワインをひと口。別のチャットボックスが開く。アンドリュー。クラシック映画ファンが集まるサイトで知り合った男性だ。

グレアム・グリーン原作ムービー一挙上映@アンジェリカ劇場。週末空いてる？

わたしはちょっと考えた。『落ちた偶像』は好きな映画の一つだ。不運な執事、不吉な紙飛行機。『恐怖省』は十五年くらい前に見たきりだ。それにクラシック映画は、エドと出会うきっかけでもあった。

ただ、アンドリューにはいまの状況を話していない。返事はひとこと、〈予定がいっぱい〉だ。

わたしはサリーとのチャットに戻った。

thedoctorisin：主治医の診察はいまも受けてる？
Sally4th：受けてる:）ありがとう。週一だけになった。回復が早いって
Sally4th：薬《メッド》と休息《ベッド》のおかげ
thedoctorisin：睡眠はちゃんと取れてる？
Sally4th：まだ悪夢は見る
Sally4th：そっちはどう？
thedoctorisin：よく寝てる。

というより、寝すぎだ。それもドクター・フィールディングに伝えたほうがいい。話す気になれば。

Sally4th ：先生こそ調子はどう？　ばりばり戦闘態勢？
thedoctorisin ：あなたみたいに順調ってわけじゃない。ＰＴＳＤは強敵だから。でもタフだから負けない。
Sally4th ：その意気！
Sally4th ：みんながどうしてるか知りたかったの――みんなのこといつも考えてるからね!!

サリーにまたねと伝えたところで、スカイプにフランス語の講師から着信があった。「ボンジュール、イヴ」わたしは一人つぶやいた。応答する前に一呼吸置く。わたしはどうやらイヴに会うのを楽しみにしていたようだ。インクみたいに真っ黒な髪、若者らしい薔薇《ばら》色の頬。わたしのアクセントがおかしくて理解できないと、左右の眉がぐいと寄って、アクサン・シルコンフレクスみたいな山形を描く。

アンドリューがまた話しかけてきたら、とりあえず放置しよう。もしかしたらこのまま疎遠にしてしまおうか。クラシック映画を並んで見る相手はエドだけだ。エド一人だけ。

机の上の砂時計をひっくり返し、落ちてくる砂がピラミッドを作りながら頂点をくぼませ、全体を脈動させる様子を眺める。たくさんの時間が流れた。ほぼ一年。わたしはほぼ丸一年、家から一歩も出ていない。

一歩も、というのは大げさか。この二ヵ月で五度、勇気を奮って外に出た。うちの庭まで。ドクター・フィールディング呼ぶところの〝秘密兵器〟は、傘だ。エドの傘、ロンドンフォグで買ったよれよれの傘。その傘に負けず劣らずよれよれのドクター・フィールディングが先に庭に出て、かかしみたいにそこで待ち、わたしは傘をかまえてドアを開ける。ボタンを押して傘を開く。わたしは傘の内側、骨と生地だけを凝視する。濃い色のタータンチェック柄。骨と骨のあいだに黒い四角が四つずつ。そして、四角一つにつき白い線が縦横に計四本。四角が四つ、線が四本。黒が四つ、白が四つ。息を吸い、四つ数える。息を吐き、四つ数える。4。魔法の数字だ。

傘をまっすぐ前に突き出す。サーベルみたいに。盾みたいに。

そしていざ、戸外に足を踏み出す。

1、2、3、4。
吐いて、2、3、4。

吸って、2、3、4。

陽射しを浴びて、ナイロン生地が光を帯びる。わたしは階段の最初の段に足を下ろす（もちろん四段ある）。傘をほんの少しだけ空のほうに上げると、ドクターの足、ドクターのすねが見える。外の世界が下から視野に入りこもうとする。潜水鐘のなかにせり上がってくる水のようだ。

「心配するな、秘密兵器が守ってくれているから」ドクター・フィールディングの大きな声が聞こえる。

こんなの秘密でも何でもないと叫びたくなる。ただの傘じゃないの。昼日中に傘なんか振り回して何の役に立つのよ。

吐いて、2、3、4、吸って、2、3、4――意外にも、効き目があった。わたしは階段を下り（吐いて、2、3、4）、芝生の上を歩きだした（吸って、2、3、4）。数メートル進んだところでパニックが氾濫し、洪水のように視界にあふれて、ドクター・フィールディングの声を押し流した。そして……あとは思い出さないほうがいい。

10 月 30 日　土曜日

7

嵐。トネリコの木はすくみ上がり、濡れたライムストーンのタイルが黒光りしながらこちらをにらみつけている。いつだったか、パティオにグラスを落としてしまったことがあった。グラスはシャボン玉のようにはじけ、メルローが地面に広がって石敷のパティオの血管を伝い、黒ずんだ血のようにわたしの足もとに迫ってきた。

どんより曇っている日に、空に浮かんだ自分を空想することがある。飛行機に乗って、あるいは雲に寝そべって、はるか下方に浮かぶ島に目を凝らす。島の東岸に渡された橋。電球に群がるハエのように一斉にその橋に向かう無数の車。

最後に雨に打たれたのはずいぶん前のことだ。風を感じたのも。どうせなら風の愛撫とでも言いたいけれど、それではスーパーマーケットのレジ前に並んでいるロマンス小説の一節だ。

でも、ずいぶん前だというのは本当だ。雪にも触れたことがない。雪には未来永劫触れたくない。

フレッシュ・ダイレクトから今朝届いたグラニースミス種のリンゴのなかに、桃が一つだけまぎれこんでいた。何がどう間違ってそんなことが起きるのだろう。

『三十九夜』を上映していたアートシアターで知り合った夜、エドとわたしはそれぞれがたどってきた道筋を打ち明け合った。わたしは母の影響で、古いサスペンス映画やフィルム・ノワールばかり見て育った。十代のころは、学校の友達よりもジーン・ティアニーやジェームズ・スチュワートと過ごすほうが好きだった。「それはすてきだねと言うべきか、悲しいなと言うべきか」エドはそれまでモノクロ映画を一度も見たことがなかったという。出会って二時間後には、エドがわたしにキスをしていた。

「きみがぼくにキスをしたんだろう」そう混ぜ返すエドの声が聞こえる。

オリヴィアが生まれるまでの何年か、週に一度は一緒に映画鑑賞をした。わたしが子供のころ好きだったサスペンスの名作はひととおり見た。『深夜の告白』『ガス燈』『逃走迷路』『大時計』……そういう夜、わたしたちの世界はモノクロに変わった。わたしにとっては古い友人との再会であり、エドにとっては新しい友人との出会いだった。

二人でいろんな作品リストを作った。『影なき男』シリーズ全六作品をベスト（オリジナルの『影なき男』）からワースト（最終作『影なき男の息子』）までランク付けした。あとは、傑作がひしめく一九四四年のなかでも見るべき作品のリストとか、ジョゼフ・コットンの真骨頂が発揮された映画のリストとか。

もちろん、一人でもリストは作れる。たとえば、ヒッチコックが監督しなかった、ヒッチコック映画の傑作は――

クロード・シャブロル監督の初期の作品『肉屋』。物の本によれば、〝ヒッチ〟はあれが自分の監督作品だったらよかったのにと嘆いたという。ハンフリー・ボガートとローレン・バコールが共演した『潜行者』。サンフランシスコ愛にあふれた作品で、霧がかかったように柔らかな映像が美しい。登場人物が手術で外見を変える映画の走りでもある。マリリン・モンロー主演の『ナイアガラ』。オードリー・ヘプバーン主演の『シャレード』。ジョーン・クロフォードの眉が主演の『突然の恐怖』。ふたたびヘプバーン主演の『暗くなるまで待って』。盲目の女性が半地下のアパートで窮地に陥る。地下の部屋に閉じこめられたら、わたしならどうかしてしまうだろう。

次は、ヒッチコックの死後に製作された傑作映画のリスト。結末が強烈な『ザ・バニシング』、ポランスキーのヒッチに捧げるオマージュ『フランティック』。製薬業界の暗部を暴く社会派作品かと思いきや、ウナギみたいに身をくねらせながら、まるきり別ジャンルの作品に化ける『サイド・エフェクト』。

あとは……と。

オリジナルと違う形で定着してしまった名せりふ。〈サム、あの曲を弾いてくれ〉(Play it again, Sam.)。『カサブランカ』のせりふとされているけれど、ボギーもバーグマンもそんなことは一度も言っていない。〈彼は生きている!〉(He's alive!)。フランケンシュタインは人造人間に性別を与えていない。本来のせりふは、無慈悲な〈これは生きている!〉(It's alive!)だ。〈初歩だよ、ワトソン君〉(Elementary, my dear Watson)は、たしかに、トーキー時代に作られた最初のホームズ映画に映し出されるが、コナン・ドイルの原典には一度も登場しない。

あとは……と。

ほかには何があった?

ノートパソコンを開き、〈アゴラ〉をのぞく。マンチェスターのミッツィからメッセージ。アリゾナ州のDimples2016から経過報告。特筆事項なし。

二一〇番地のリビングルームで、タケダ家の息子さんがチェロを弾いている。東に目を移すと、グレー家の四人が雨に濡れ、笑いながら玄関ポーチの階段を駆け上がっていく。公園の向こうの家では、アリステア・ラッセルがキッチンの流しでグラスに水を汲《く》んでいる。

8

夕方、カリフォルニア産のピノノワールを注いでいると、玄関のブザーが鳴った。思わずグラスを取り落とした。

グラスが破裂し、ワインの舌が長く伸びてホワイトバーチの床を舐めた。「くそ」つい大声が出た（最近気づいたこと。ほかに誰もいないと、わたしはいつも以上にたくさん、しかも大きな声で悪態をつく。エドが聞いたらあきれるだろう。自分でもあきれている）。

ペーパータオルをひとつかみ引き出したところで、またブザーが鳴った。いったい誰よ？　わたしは思った——それとも、口に出して言った？　デヴィッドは、イーストハーレムで仕事があると言い置いて、一時間くらい前に出かけていった。書斎から姿を見送ったから間違いない。宅配ものの予定もなかったはずだ。かがんでペーパータオルをグラスの残骸にあてがっておいてから、玄関に急いだ。

インターフォンのモニターを確かめると、背の高い少年が映っていた。細身のジャケットを着て、小さな白い箱を両手で大事そうに持っている。ラッセル家の息子さんだ。

わたしは通話ボタンを押した。「はい？」——〝いらっしゃい〟よりそっけなく、〝あんた誰？〟よりは丁寧な呼びかけ。

「公園の向こうの家に越してきました」少年はほとんど叫ぶようにして言った。作りものみたいに柔らかい声だ。「お母さんから、これを届けるようにって言われて」箱をインターフォンのマイクに近づけた。それから、カメラは別の場所にあるのかもしれないと思い当たったのだろう、箱を頭の上に持ち上げ、その場で三百六十度回転した。

「それなら……」わたしはそこまで言ってためらった。玄関先に置いておいてと頼む？　それではご近所さんらしからぬ対応だろうか。かといって、わたしは二日もシャワーを浴びていないし、猫が飛びついて引っ掻いたりするかもしれない。

少年はまだ玄関前で箱を頭上に掲げている。

「……どうぞ、入って」わたしはそう言ってボタンを押した。

オートロックが解除される音がして、わたしは玄関ホールのドアに向かった。知らない人に近づく猫のパンチのように、用心深く。いや、正確に言えば、まだ知らない人が訪ねてくることがあったころのパンチのように、か。

曇りガラスに影が映り、大きく広がっていく。若木のように細かった。わたしはドアノブをひねった。

本当に背が高かった。童顔に青い瞳、灰色がかった金髪。片方の眉から額にかけて、薄い傷痕がある。十五歳くらいだろうか。昔わたしが知っていた少年、キスをした少年に似ていた。いまから四半世紀前にメイン州のサマーキャンプで出会った男の子。わたしは目の前の少年に即座に好感を抱いた。

「イーサンです」少年が自己紹介した。

「どうぞ入って」わたしはまた同じことを言った。

少年が屋内に足を踏み入れる。「暗いですね」

壁のスイッチを押す。

わたしは少年を観察し、少年は室内を観察する。絵画、寝椅子《シェーズロング》に長々と伸びた猫、キッチンの床の上でワインを吸って溶解しかけているペーパータオルの小山。「あれはどうしたんですか」

「ちょっとした事故」わたしは答えた。「アナよ。アナ・フォックス」少年が形式を重んじてミセス誰々と呼ぼうとするかもしれないと思って、フルネームも付け加えた。この子の（若い）母親でもおかしくない年齢差がある。

握手を交わしたあと、イーサンは持ってきた箱を差し出した。明るい色をした小ぶりな箱で、リボンをかけてあった。「ご挨拶に、だそうです」イーサンははにかみながら言った。

「そこに置いておいて。何か飲む？」

イーサンはソファに腰を下ろした。「水をください」

「水ね」わたしはキッチンに戻り、床の残骸を片づけた。「氷は入れる？」

「いえ、けっこうです」わたしはグラスに水を汲んだ。もう一つグラスを出して、それにも水を汲んだ。カウンターのピノノワールのボトルには目をやらないようにする。

箱はコーヒーテーブルの上、わたしのノートパソコンの横に置いてあった。まだ〈アゴラ〉にログインしたままだ。ついさっき、パニック発作の兆しを示したDiscoMickeyを、チャットを介して落ち着かせたところだった。ありがとうというDiscoMickeyからのメッセージが画面にでかでかと表示されている。「どうぞ」わたしはグラスをイーサンの前に置き、となりに腰を下ろした。パソコンを閉じて、贈り物の箱を引き寄せる。「さっそく開けてみましょう」

リボンをほどき、箱の蓋を取る。幾重にもなった薄紙をかき分けると、キャンドルが現れた。琥珀《こはく》に閉じこめられた昆虫のように、花や枝が蠟《ろう》に封じこめられているしゃれたものだ。わたしは顔の前に持ち上げて見せびらかすようにした。

「ラベンダーです」イーサンが言った。

「ああ、やっぱり」大きく息を吸いこむ。「ロベンダーの香りってらい好き」もう一度言い直した。「ラベンダーの香りって大好き」

イーサンは小さく微笑んだ。唇の片方の端だけが、糸で引っ張られたようにかすかに持ち上がる。あと数年もしたら美青年になるだろう。あの傷痕――女は夢中になるだろう。ひょっとしたらいまからもう、夢中になっている女の子がいるかもしれない。あるいは男の子が。

「届けるようにってお母さんから頼まれたんです。もう何日も前だけど」

「気遣いのできる人なのね。ふつうは元からいる住人のほうが差し入れをするものなのに」

「女の人が来ました」イーサンが言った。「三人家族にこんな大きな家は必要ないでしょうっていきなり言われましたけど」

「それ、ミセス・ワッサーマンでしょ」

「そうです」

「あの人は相手にすることないわ」

「はい、聞き流しました」

パンチがシェーズロングから床に下りて、そろそろとこちらへ歩きだした。イーサンは身を乗り出し、掌《てのひら》を上に向けて絨毯に手を置いた。パンチはいったん立ち止まったあと、身をくねらせながら近づいてきて、イーサンの手のにおいを嗅ぎ、指を舐めた。イーサンがくすくすと笑った。

「猫の舌って気持ちいいですよね」イーサンは秘密を打ち明けるように言った。

「言えてる」わたしは水のグラスに口をつけた。「小さな突起で覆われてるのよ——小さなとげで」〝突起〟が通じなかったらと思って、言い直した。ティーンエイジャーにどういう言葉づかいをすればいいのだろう。わたしの患者は、一番年長でも十二歳だった。

「キャンドル、火をつけてみようかしら」

イーサンは肩をすくめ、微笑んだ。「どうぞ」

わたしは机からマッチを探してきた。さくらんぼのような赤い箱の表面を〈ザ・レッド・キャット〉の文字が行進している。エドとこの店で食事をしたことを思い出す。二年前のことだった。いや、三年前だったか。たしかチキンタジンを食べた。エドが店のワインを褒めていたのを覚えている。そのころのわたしはいまほどお酒を飲まなかった。

マッチをすって、キャンドルの芯に火を移した。「見て」小さな炎の爪が空気を引っ掻く。炎が花開き、花がほんのりと輝く。「きれいね」

心地よい静寂が訪れた。パンチが8の字を描きながらイーサンの脚に体をすりつけたあと、膝に飛び乗った。イーサンが笑った。ほがらかな声だった。

「あなたを気に入ったのね」

「そうみたい」イーサンはパンチの耳の後ろを掻いてやった。

「めったに人になつかないのよ。気むずかしいの」

モーターの低いうなりのような音が聞こえた。パンチが喉を鳴らしている。

イーサンはにっこりと笑った。「完全室内飼いですか」

「勝手口に猫用のドアがあるの」わたしはキッチンを指さした。「あっても、ほとんど外に出ないけど」

「いい子だね」イーサンがささやく。パンチはイーサンの脇の下にもぐりこんだ。

「新居の住み心地はどう？」わたしは尋ねた。

イーサンはパンチの頭をマッサージするようにしながら少し考えた。「前の家のほうがいいな」ややあってそう答えた。

「そうでしょうね。以前はどこに住んでたの」もちろん、聞くまでもなく答えは知っている。

「ボストン」

「ニューヨークに来たのはどうして？」この答えも知っている。

「お父さんの仕事が変わったんです」厳密には異動だけれど、指摘はしない。「部屋は前より広くなりました」ふと思いついたかのようにイーサンが言った。

「あのおうち、前に住んでた人たちが大がかりな改装をしたのよ」

「全面リノベってお母さんが言ってました」

「そうそう。全面リノベ。二階の壁をいくつか取り払って、部屋を広くしたのよね」

「うちに来たことがあるんですか」

「ええ、何度か。さほど親しかったわけじゃないけど――ロード夫妻とはね。毎年クリスマス前に大きなパーティを開いてて、そのときお邪魔したの」最後に行ったときからもう、一年近くたつ。エドが一緒だった。その二週間後、エドは行ってしまった。

気づくと肩の力が抜けていた。とっさに、イーサンの人柄のおかげだと思った。話し方が穏やかで、素直だからだ。パンチさえ気を許している。でもすぐに思い直した。わたしは精神分析医モードに戻っているのだ。シーソーのバランスを取るように慎重に質問を重ね、答えを引き出している。好奇心と共感。精神分析医という職業に欠かせない道具。

そう考えたとたん、ほんの一瞬、あの場所に引き戻された。東八十八丁目に面したクリニック、ほのかな明かりと静けさに包まれたこぢんまりとした診察室。ゆったりとした椅子が二脚、青いラグの池をはさんで向かい合わせに置いてある。ラジエーターが小さな音を立てている。

ドアがゆっくりと開くと、そこは待合室だ。ソファと木のテーブル、『ハイライツ』や『レンジャー・リック』など児童向け雑誌が危なっかしく積まれた山、さまざまな形と大きさに組み立てられたレゴブロックがあふれた容れ物。部屋の隅にはホワイトノイズ発生器が設置されている。

ウェスリーの診察室のドアも見える。共同経営者で、わたしの大学院時代の恩師でもあって、わたしを開業医の道に誘ったのも彼だった。ウェスリー・ブリル——学生はウェスリー・ブリリアントと呼んでいた。髪はいつもぼさぼさで、左右ちぐはぐな靴下を穿いた、稲妻のごとき頭脳と雷鳴のごとき声の持ち主だ。自分の診察室にいる彼が目に浮かぶ。イームズのラウンジチェアにだらしない姿勢で座り、長い脚は部屋の中心を指す矢印のようで、膝に本を置いている。冬なのに、窓は開け放たれている。煙草を吸っていたからだろう。ウェスリーが顔を上げた。

「やあ、フォックス」

「前の部屋よりいまのほうが広いんです」イーサンが繰り返した。

わたしはソファの背にもたれて脚を組んだ。滑稽なほど気取った姿勢に思えた。脚を組むなんて、いったいいつ以来だろう。「学校はどこに通ってるの」

「ホームスクーリングなんです」イーサンが答えた。「お母さんが勉強を見てくれてます」わたしが口を開く前に、イーサンはサイドテーブルの写真に顎をしゃくった。「ご家族ですか」

「そうよ。夫と娘。エドとオリヴィア」

「いま家にいるんですか」

「いいえ。ここにはいない。家族とは離れて暮らしてるのよ」

「そうなんだ」イーサンはパンチの背中をなでている。「オリヴィアは何歳？」

「八歳。あなたはいくつ？」

「十六歳です。二月に十七歳になります」

オリヴィアが言いそうなことだ。イーサンも実際の年齢より見かけが幼い。

「オリヴィアも二月生まれよ。バレンタインデーが誕生日」

「ぼくは二十八日です」

「あら、一日違ったら、四年に一度しか誕生日が来ないところだったわね」

イーサンはうなずいた。「どんな仕事をしてるんですか」

「精神分析医なの。児童が専門」

イーサンは鼻に皺を寄せた。「子供に精神分析？　どうして？」

「理由はいろいろ。学校で問題を抱えてる子、家庭に問題のある子。引っ越し先になじめない子もいるわ」

イーサンは何も言わなかった。

「ホームスクーリングだとすると、学校以外の場所で友達を作らないといけないわね」

イーサンはため息をついた。「お父さんがスイミングクラブを見つけてきて、そこに入れって」

「水泳はずっとやってるの？」

「五歳から」

「きっと速いのね」

「まああかな。お父さんからは才能があるって言われてます」

　わたしはうなずいた。

「けっこう速いです」イーサンは控えめに認めた。「人に教えたりもしてます」

「水泳を教えてるの？」

「障害のある人たち。といっても、体の障害じゃなくて」

「発達障害ね」

「そうです。ボストンではずっと教えてたから、こっちでも続けたいと思ってます」

「何がきっかけで始めたの？」

「友達の妹がダウン症なんですけど、この前のオリンピックを見て、自分も泳いでみたいって言いだして。それでその子に教え始めて、そのうち同じ学校のほかの子も来るようになったんです。それをきっかけに、そういう……」――言葉を探しているような表情――「場《シーン》に」

「えらいわ」

「パーティとか、そういうのは苦手で」

「あなたの〝シーン〟じゃないわけね」

「そう」それからイーサンは微笑んだ。「ぼくのシーンじゃない」

首をひねってキッチンのほうを見る。「この家、ぼくの部屋からちょうど見えるんです。ぼくの部屋はあそこ」

わたしも首をひねった。この家が見えるなら、東向きの部屋、わたしの寝室と向かい合った部屋だということになる。厄介だなと思った。相手は十代の男の子なのだ。もしかしてゲイだろうかとまた考えた。

見ると、イーサンの目が涙で濡れていた。

「あ……」わたしは右を見た。ティッシュの箱があるはずの場所だ。クリニックでは、いつも右側に置いてあった。ここにあるのは写真立てだ。オリヴィアが前歯の欠けた笑みでこちらを見上げている。

「すみません」イーサンが言った。

「よして、謝ることじゃないわ。どうしたの」

「何でもない」イーサンは目をこすった。

わたしは待った。まだ子供なのよと自分に言い聞かせる。背が高いし、声変わりもしているけれど、やはり子供だ。

「友達が恋しくて」イーサンが言った。

「そうでしょう。当然よ」

「こっちには一人も知り合いがいないし」涙の粒が一つ、頬を伝い落ちた。イーサンは手の甲でそれを払った。

「引っ越した直後はさみしいわ。わたしもここに来たとき、知り合いができるまで時間がかかったもの」

イーサンは大きな音を立てて洟《はな》をすすった。「いつからここに？」

「八年前。いえ、もう九年ね。コネティカット州から来たの」

イーサンはまた洟をすすり、指で鼻の下を拭った。「ボストンほど遠くないですよね」

「そうね。でも、距離に関係なく、引っ越しはつらいものよ」抱き締めてやりたかった。でも自制する。〈引きこもりの中年女、隣家の子供に性的いたずら！〉

しばらく沈黙が続いた。

「水のおかわり、もらえますか」イーサンが言った。

「待ってて、持ってくるから」

「いいんです、自分でやります」イーサンが立ち上がろうとすると、パンチはするりと床に下りて、コーヒーテーブルの下で丸くなった。

イーサンはキッチンに立った。蛇口から水が流れる音がした。わたしは立ち上がってテレビの前に行き、その下の抽斗《ひきだし》を開けた。

「映画は好き？」大きな声で尋ねた。答えはなかった。振り返ると、イーサンは勝手口の前に立って公園を凝視していた。そのかたわらで、リサイクル用くず入れにあふれかけたボトルがほのかな光を放っていた。

一瞬あってから、イーサンがこちらを向いた。「え？」

「映画は好き？」わたしは繰り返した。イーサンがうなずく。「来て、ちょっと見てみて。DVDのコレクションがあるの。ものすごい数よ。多すぎって夫には言われるけど」

「別居してるんじゃ……？」イーサンは口のなかでつぶやきながらこちらに来た。

「それでも夫は夫よ」わたしは左手の指輪を見つめ、指にはめたまま回した。「離ればなれなのは事実だけど」開いた抽斗を指し示す。「何か見たいものがあったら、貸してあげる。DVDプレイヤーはある？」

「お父さんがノートパソコン用の外付けプレイヤーを持ってます」

「じゃあ心配いらないわね」

「貸してもらってもいいか、訊いてみないと」

「お許しが出ることを祈りましょ」アリステア・ラッセルがどういう人物か、少しわかった気がした。

「どんな映画？」イーサンが訊く。

「ほとんどは昔の映画」

「昔のって、モノクロ映画とか？」

「そうね、モノクロばかり」

「モノクロ映画は見たことがないな」

わたしは満月みたいに目を丸くしてみせた。「楽しいわよ。見る価値のある映画はモノクロ時代の作品と決まってる」

イーサンは疑わしげな顔をしながらも抽斗をのぞきこんだ。スリップケースが二百近く並んでいる。クライテリオンやキノの名作映画DVD、ユニバーサルから出たヒッチコック監督作のボックスセット、数えきれないほどのフィルム・ノワール、『スター・ウォーズ』（わたしだって人間だもの）。背のタイトルを一つずつ確かめる――『街の野獣』『疑惑の渦巻』『ブロンドの殺人者』。「これがいいわ」そう宣言し、一枚を抜いてイーサンに渡した。

「『夜は必ず来る』」イーサンがタイトルを読み上げた。

「最初の一本にちょうどいいわ。はらはらどきどきはさせられるけど、怖いっていうほどじゃないから」

「ありがとう」声が詰まって、イーサンは咳《せき》払いをした。「すみません」そう言って水を飲む。「猫アレルギーなんです」

わたしは目を見開いてイーサンを見つめた。「どうして先に言わなかったの」猫をにらみつける。

「せっかくなついてくれたから。冷たくしたら悪いと思って」

「お馬鹿さんね」わたしは言った。「ただし、いい意味で」

イーサンは微笑んだ。「そろそろ帰ります」コーヒーテーブルのところに戻ってグラスをそこに置き、かがんでガラス越しにパンチに話しかけた。「おまえのせいじゃないからね。いい子だ」体を起こし、手でもものあたりを払った。

「コロコロ、使う？　猫の毛やふけを取っておく？」粘着ローラーがまだうちにあるかどうかさえ定かではないけれど。

「平気です」イーサンは室内を見回した。「トイレ、借りてもいいですか」

わたしはレッド・ルームを指さした。「ご自由にどうぞ」

イーサンがバスルームにいるあいだに、サイドボードの鏡で自分のなりを確かめた。今日の夜はかならずシャワーを浴びよう。遅くとも明日には。

ソファに戻ってノートパソコンを開いた。〈おかげで助かりました〉。DiscoMickey のメッセージにはそうあった。〈先生はぼくのヒーローだ〉

簡単な返事を手早くタイプしたところで、ちょうどトイレの水を流す音がした。まもなくイーサンが掌をジーンズになすりつけながら出てきた。「帰ります」そう言うと、両手をポケットに押しこみ、いかにも十代の男の子らしく靴のかかとを引きずるように歩いて玄関に向かった。

わたしは見送りに出た。「来てくれてありがとう」

「じゃあ、また」イーサンはそう言ってドアを開けた。

〝また〟はないと思うけど、とわたしは胸のうちでつぶやいた。「そうね、また」口に出してはそう答えた。

9

イーサンが帰ってから、『ローラ殺人事件』をまた見た。駄作の条件がそろっている。演技がくどすぎるクリフトン・ウェッブに、南部なまりがぎこちないヴィンセント・プライス。キーパーソン二人が水と油だ。なのに、なぜかすばらしい作品に仕上がっている。

それに、あの音楽。「だって、脚本が送られてきたんだもの、楽譜じゃなく」ローラ役のオファーを断ったヘディー・ラマーは、のちにそう嘆いた。

キャンドルは灯《とも》したままにしていた。小さな炎の球が鼓動している。

『ローラ』のテーマを口ずさみながら、携帯電話のスリープを解除して、患者たちをネットで検索する。わたしの元患者たち。十カ月前、わたしはその全員を失った。両親が離婚して苦しんでいた九歳のメアリー。ふたごの片割れをメラノーマで亡くした八歳のジャスティン。十二歳になってもまだ暗闇を怖がっていたアン・マリー。ラシード（十一歳、トランスジェンダー）も、エミリー（九歳、いじめ）も失った。よりによってジョイ（歓喜）という名の、重度の鬱病を患った十歳の女の子も。あの子たちの涙、悩み、怒り、安堵のすべてを失った。全部で十九人。実の娘を勘定に入れるなら、二十人だ。

オリヴィアがいまどこにいるかは、もちろんわかっている。ほかの十九人についてもその後を追っていた。そうたびたびではない。精神分析医は患者の身辺を探るべきではない。過去の患者であっても同じだ。それでも月に一度くらい、恋しくてたまらなくなると、ネットに頼る。ネット検索に使えるツールはいくつもあるだろう。登録したきりのフェイスブック・アカウント、更新されないままのリンクトインのプロファイル。ただし相手が子供だと、グーグル検索くらいしか使えない。

エイヴァはスペリング大会で優勝し、テオは中学校の生徒会長に選ばれていた。グレースの母親のインスタグラムの写真を眺め、ベンのツイッターの投稿をチェックし（最低限のプライバシー設定をオンにしておくべきだろう）、頬を濡らす涙を拭い、赤ワインを三杯流しこんだあと、携帯電話の写真アルバムをめくりながら寝室に戻った。そしてまたエドと話をした。

「だーれだ」いつものようにそう口を切る。

「だいぶ聞こし召してるようだな、スラッガー」エドがちくりと言った。

「今日はいろいろあったの」空のグラスを一瞥《いちべつ》する。罪悪感のとげが胸を刺す。「リヴィはどうしてる？」

「明日の支度で忙しい」

「ハロウィーンね。今年の仮装は何？」

「幽霊」

「あら、ラッキーじゃない」

「どうして？」

わたしは笑う。「だって、去年は消防車だったから」

「あれか。何日もかかったな」

「わたしが何日もかかって用意したのよ」

エドの顔が笑みを作る音が聞こえた気がした。

公園の向かいの家に目をやると、三階の真っ暗な部屋の窓越しにパソコン画面のぼんやりとした光が浮かんでいるのが見えた。まもなく部屋の明かりがついた。急に夜が明けたかのようだった。机、デスクライトが見えた。イーサンがセーターを脱いでいる。たしかに、わたしたちの寝室は向かい合わせに位置していた。

イーサンがこちらを向いた。目を伏せたまま、シャツを脱ぐ。わたしは目をそらす。

10月31日　日曜日

10

寝室の窓から淡い朝の光が射しこんでいる。寝返りを打つと、お尻がノートパソコンにぶつかった。勝ち目のない深夜のチェス。わたしの騎士《ナイト》は行き倒れ、城塔《ルーク》は倒壊した。

シャワーブースに体を引きずっていき、戻ってきて、タオルで髪の水気を拭い、制汗剤を脇の下に塗りつけた。サリーの言うように、これで〝ばりばり戦闘態勢〟だ。ハッピー・ハロウィーン。

もちろん、今夜はブザーが鳴っても絶対に玄関は開けない。デヴィッドは七時に外出すると言っていた。行き先は、たしかダウンタウンだ。きっと楽しいだろう。

玄関ポーチの階段にお菓子を入れたボウルを置いておいたらどうかとデヴィッドは提案

した。「最初に来た子がボウルごと持っていっちゃうに決まってる」わたしは言った。

デヴィッドはむっとした顔をした。「おれは児童心理学なんか勉強してないから」

「児童心理学は必要ないわ。子供だった経験があれば、誰でもわかることよ」

というわけで、家中の明かりを消して、留守のふりをする予定だ。

11

映画のファンサイトをのぞく。アンドリューがログインしていた。ポーリン・ケイルによる映画『めまい』評──「ばかばかしい」「薄っぺらい」──へのリンクを掲示板に張りつけている。その下に、作品リストを投稿していた。〈手を握り合って見るべきノワールのベストは？〉（『第三の男』だ。ラストシーンだけでも価値あり）
わたしはケイルの映画評を読み、アンドリューにメッセージを飛ばした。五分後、アンドリューはログアウトした。
この前、誰かがわたしの手を握ってくれたのは、いったいいつのことだったろう。

たん。

玄関にまた誰か来たようだ。今回わたしはソファで丸まって『男の争い』を見ていた——あの長い金庫破りのシーンだ。三十分間、ただ一つのせりふもなく、音楽さえなく、映画のなかの物音と、自分の耳の奥を流れる血の音しか聞こえない。イヴから、もっとフランス映画を見るといいとアドバイスされた。半サイレントの映画はイヴが想定していたものではないだろうけれど。残念《ケル・ドマージュ》。

そのとき、またあの「たん」という音が玄関からかすかに聞こえた。これで二度目だ。毛布を剝《は》いで足を床に下ろし、リモコンを探して映画を一時停止する。

外は夕闇に包まれようとしていた。わたしはリビングルームから玄関ホールに出るドアを開けた。

たん。

玄関ホールに足を踏み出す。この家のなかで唯一、わたしが好きではなく、信頼もしていない空間、わたしの領土と外の世界の境目をなす冷たいグレーゾーン。黄昏時《たそがれどき》のいまは薄暗くて、灰色に沈んだ壁がいまにも左右の手のように勢いよく閉じて、わたしを押しつぶそうとしているかに見える。

玄関ドアにはステンドグラスがはまった縦長の小窓が何枚か並んでいる。その一つに顔を近づけて外をのぞいた。

べしゃりという衝撃があって、窓が震えた。超小型ミサイルが命中したのだ。卵ミサイル。殻が割れて、中身がガラスに飛び散っていた。自分の喉からひっと息をのむ音が聞こえた。つぶれた黄身を透かして、通りに子供が三人いるのが見えた。楽しげな顔に大きな笑みを浮かべている。一人が片方の手に卵を持ってかまえていた。

わたしは立ったままゆらゆらと揺れた。壁に手をついて体を支える。

これはわたしの家だ。それはわたしの窓だ。

たん。

喉が締めつけられる。涙があふれそうになった。驚きを感じた。次に情けなくなった。

そして次に、怒りが湧いた。

ドアを勢いよく開けて追い払うことはできない。外に飛び出していってにらみつけることもできない。わたしは窓を叩く。こんこんと叩く――

たん。

平手でドアを叩いた。

拳で殴りつけた。

低くうなり、吠えた。わたしの声は壁に跳ね返され、暗い小さな玄関ホールの内側でこだました。

わたしには何もできない。

そんなことはないさ――ドクター・フィールディングの声が聞こえた。

吸って、2、3、4。

そうよ、わたしは無力じゃない。

無力じゃない。十年近く努力して、大学院を出た。十五カ月、スラム地区の病院で研修医をした。七年、開業医として勤務した。〝タフだから負けない〟とサリーに豪語した。

髪をかき上げ、リビングルームに戻り、大きく息を吸って、インターフォンの通話ボタンを一本指で押した。

「あっちに行って」叫ぶように言った。その声は外にも聞こえているはずだ。

たん。

インターフォンのボタンを押す指が震えた。「あっちに行きなさい！」

たん。

リビングルームを横切り、階段を上って、書斎に駆けこみ、窓に飛びついた。三人が見える。略奪者のように通りに集まり、わたしの家を取り囲んでいる。残照のなか、三人の影がどこまでも延びていた。わたしは窓ガラスを叩いた。

一人がわたしを指さして笑った。野球のピッチャーのように腕を大きく振りかぶる。卵がまた一つ投げつけられた。

わたしはガラスをいっそう強く叩いた。ガラスが枠からはずれそうなくらい強く。それはわたしのドアなのよ。これはわたしの家なのよ。

目の前がぼやけた。

次の瞬間、また階段を駆け下り、あっという間に暗い玄関ホールに来た。素足でタイルを踏み、ドアノブに手をかける。怒りが喉を締めつけている。視界が揺れ動く。一つ大きく息を吸った。もう一度。

吸って、2、3——

ドアを開け放つ。光と外気がぶつかってきた。

一瞬の静寂が訪れた。映画のように静か《サイレント》で、夕陽のようにゆっくりとした一瞬。通りの向かいに並ぶ家々。その手前の三人の子供。三人が立つ通り。静かで、動かない。止まった時計のようだ。

何かがはじける音が聞こえた。確かに聞いた。木が切り倒されるような音。

そして——

——そして、それが迫ってきた。大きく膨張しながら襲いかかってくる。投石機で発射された大きな丸石。それがすさまじい勢いでみぞおちにめりこんで、わたしは体を二つ折りにする。口が窓のように開く。そこから風が吹きこんだ。わたしは空っぽの家だ。朽ちかけた梁《はり》、ごうごうと吹き荒れる風。屋根がうめき声とともに崩れ落ちて——

——わたしはうめいている。すべり落ちている。雪崩《なだれ》になって落ちていく。片手は煉瓦を掻き、もう一方は空《くう》を掻く。目玉が揺れてひっくり返る。紅葉した葉の毒々しい赤、次に闇。スポットライトが黒ずくめの女の姿を照らし出し、視界が白く飛び、すべてが白くなり、白い色がどろりと溶けながら目に押し寄せてきて、濃く、深く、そこに溜まる。声を上げようとすると、唇が砂利にこすれた。コンクリートの味がした。血の味も。大きく広げた手足が地面にじかに触れていた。体の下で地面が波打っている。わたしの体は波打ちながら空気を揺らしていた。

脳味噌の奥のどこかで、以前にも同じことが起きたと思い出す。ここで、この階段で。低い声が上げ潮のようにひたひたと押し寄せてきたことを覚えている。いくつかの言葉がはっきりと聞き取れた。「落ちた」「近所」「誰か」「おかしい人」。今回は、何も聞こえない。

自分の腕が持ち上げられ、誰かの首に回されるのがわかった。髪の毛が顔に触れている。わたしの髪より強《こわ》い感触。足が地面の上を引きずられ、次に床の上を引きずられた。わたしは家のなかに戻っている。ひんやりと冷たい玄関ホール。それから、リビングルームのぬくもりのなかへ。

12

「豪快に落ちたわね！」

ポラロイド写真のように、視界に絵が浮かび上がってきた。天井を見上げているわたしを、ダウンライトの目が一つ、疑わしげに見下ろしている。

「何か気付けになるもの――ちょっと待ってね……」

頭をごろりと転がすようにして顔の向きを変えた。ベルベット地が耳をくすぐった。リビングルームのシェーズロングに横になっているらしい。気絶した女を介抱するための椅子《フェインティング・カウチ》。

やれやれ。

「ちょっと待って、ちょっと待ってよ……」

キッチンの流しに女性が立っていた。こちらに背を向けている。一つに編んだ黒髪が背中に垂れていた。

わたしは両手を顔の前に引き寄せ、鼻と口をふさいだ。息を吸い、吐く。落ち着いて。落ち着いて。唇がずきずき痛む。

「となりの家に行こうとしてたのよ。そうしたら、どこかのいたずら小僧たちが卵を投げつけてて」その女性が事情を説明する。「ちょっと何してるの、あんたたちって叱りつけかけたところで、あなたが……玄関からよろよろ出てきて、転がり落ちたの。まるで……」そこで口をつぐんだ。クソの袋みたいに、とでも言おうとしたのかもしれない。

それからこちらを向いた。両手にグラスを持っている。一方には水、もう一方には黄金色に輝くとろりとした液体が入っていた。お酒の棚からブランディを注いでくれたのでありますように。

「ブランディって本当に気付けになるのかしらね」彼女が言った。「『ダウントン・アビー』（イギリスの連続TVドラマ。貴族の館を舞台にした歴史時代劇）の登場人物になった気分。それかナイチンゲールね！」

「公園の向こうのお宅の人ね」わたしはもごもごと言った。その言葉は、バーから出ていく酔っ払いのような千鳥足だ。〝タフだから〟。どこがよ。

「え、何？」

思わず言っていた。「あなた、ジェーン・ラッセルよね」

彼女は動きを止め、驚いたようにわたしを見つめて笑った。薄明かりのなか、前歯が白く輝く。「どうしてわかった？」

「おとなりに行くところだったって、さっき」わたしははっきり発音しようと心がけながら言った。〝アイリッシュ・ウォッチ〟と頭のなかでつぶやく。〝ユニーク・ニューヨーク〟（いずれも発音しにくい英語のフレーズの代表例。よく早口言葉に使われる）。「息子さんが挨拶に来てくれたわ」

わたしは上目遣いにジェーンを観察した。エドなら、成熟した女性と褒めるだろう。丸く張り出した腰、ふっくらした唇、豊かな胸、なめらかな肌、はつらつとした表情、ガスバーナーの青い炎と同じ色の瞳。インディゴブルーのジーンズに、スクープネックの黒いセーターを着て、胸もとにシルバーのロケットペンダントを下げていた。年齢は三十代の後半くらいか。逆算すると、子供みたいな年ごろで子供を産んだことになる。

息子さんのときと同じで、わたしはこの人が一目で好きになった。

彼女はシェーズロングのすぐそばに来た。膝と膝がぶつかった。

「体を起こしてて。脳震盪《のうしんとう》を起こしていたらたいへんだから」わたしはその言葉に従い、引っ張り上げるようにして起き上がった。彼女はテーブルにグラスを置くと、昨日のイーサンと同じように向かい合わせの椅子に座り、テレビを見やって額に皺を寄せた。

「何見てるの？　モノクロ映画？」当惑顔で訊く。

わたしはリモコンを取って電源ボタンを押した。テレビ画面が消えた。

「暗いのね」ジェーンが言った。

「明かりをつけてもらえる？」わたしは頼んだ。「ちょっとまだ……」最後まで言えずに力が尽きた。

「わかった」ジェーンはソファの後ろに手を伸ばし、フロアランプのスイッチを入れた。部屋がぱっと明るくなった。

わたしは顔を上に向け、天井の傾斜したモールディングを見つめた。吸って、2、3、4。塗料を塗り直したほうがよさそうだ。デヴィッドに頼もう。吐いて、2、3、4。

「それにしても」ジェーンは膝に肘を突いて身を乗り出し、わたしをじっと見た。「何があったの？」

わたしは目を閉じた。「パニック発作」

「いやだ、だって――ねえ、あなた、名前は？」

「アナ。アナ・フォックス」

「アナ。相手はたかが子供じゃないの」

「違うの、原因は子供じゃない。外に出られないのよ」わたしは目を伏せ、ブランディのグラスに手を伸ばした。

「でも、現に外に出たじゃない？　ああちょっと、いきなりそんなに飲まないほうがいいわ」わたしがブランディをぐいとあおるのを見て、ジェーンが言った。

「そうね、失敗だった。外に出たのは失敗だった」

「どうしてだめなの？　あなた、バンパイアだとか？」

バンパイアみたいなものだと思った。だってこの腕——魚の腹みたいに青白い。「広場恐怖症？」わたしは言った。

ジェーンが唇をすぼめた。「それ、わたしに訊いてる？」

「ううん、広場恐怖症が何か、知らないかもしれないと思っただけ」

「知ってるわよ。開《ひら》けた場所がだめってことよね」

わたしはまた目を閉じ、うなずいた。

「ただ、広場恐怖症っていうのは、そう、たとえばキャンプに行かれない人かと思ってた。アウトドア系が苦手な人」

「どこにも行かれないの」

ジェーンは困ったような顔で歯のあいだから息を吸いこんだ。「いつから？」

わたしは残っていたブランディを飲み干した。「十カ月前」

ジェーンはそれ以上は追及しなかった。わたしは深く息を吸いこもうとして、むせた。

「吸入器か何か、いる？」

わたしは首を振った。「かえって悪化するだけだから。心拍数が上がっちゃうし」

ジェーンは少し考えてから言った。「紙袋は？」

わたしはグラスを置き、今度は水のグラスを取った。「いらない。紙袋が効くときもあるけど、いまはいらない。家のなかに入れてくれてありがとう。すごく恥ずかしいわ」

「そんな、恥ずかしいことなんて――」

「いえ、やっぱり恥ずかしい。ものすごく。今後は繰り返さないようにする」

ジェーンはまた唇をすぼめた。とても表情豊かな口だ。煙草の臭いではなく、シアバターの香りをさせているけれど、喫煙者なのかもしれない。「じゃあ、前にも同じことがあったってこと？　家の外に出て……？」

わたしは顔をしかめた。「今年の春。食料品の配達の人が、ポーチの階段に荷物を置いていったの。それくらい大丈夫だろうと思って……取りに出た」

「大丈夫じゃなかったわけね」

「そう。そのときは大勢が通りかかった。ふざけてるんでもホームレスでもないとわかってもらえるまでに、少し時間がかかった」

ジェーンは室内に視線を巡らせた。「ホームレスじゃないのは確かよね。この家……すごい」あちこちを観察している。それからポケットに入っていた携帯電話を出して一瞥した。「あっと、そろそろ行かないと」そう言って立ち上がる。

わたしも立ち上がろうとしたが、脚が言うことを聞かない。「息子さん、すごくすてきな子ね」わたしは言った。「それを届けてくれた。ありがとう」

ジェーンはテーブルの上のキャンドルを見つめ、胸もとのチェーンに手をやった。「いい子よ。昔からいい子だった」

「美少年だし」

「それも昔からよ！」ジェーンは親指の爪をロケットにすべらせた。ぱちんと音がして蓋が開き、ジェーンがこちらに身を乗り出した。ロケットがわたしの目の前に垂れた。手に取って見ろということだろう。その距離の近さに、わたしは複雑な気持ちを抱いた。たったいま知り合ったばかりの人物が上からのしかかるようにしていて、わたしはその人物が下げているチェーンを手に取っている。わたしが人と接することに不慣れになっているだけのことかもしれないけれど。

ロケットのなかを見ると、光沢のある色鮮やかな写真が入っていた。写っているのは、四歳か五歳くらいの男の子だ。ぼさぼさの金髪、ハリケーンのあとの杭垣のような前歯。片方の眉に傷がある。確かにイーサンだ。

「何歳のときの写真？」

「五歳。でも、幼く見えるでしょう？」

「そうね、四歳くらいに」

「でしょ」

「いつあんなに背が伸びたの？」わたしはロケットから手を離した。

ジェーンがそっと蓋を閉じた。「このときからいまのあいだのどこかで！」そう言って笑う。それから唐突に訊いた。「ねえ、わたし帰っちゃっても大丈夫？　過呼吸になったりしない？」

「ええ、過呼吸になったりしない」

「ブランディのおかわりは？」ジェーンはそう尋ねながら、コーヒーテーブルのほうにかがんだ。わたしには見覚えのない写真のアルバムがあった。きっとジェーンが持ってきたものだろう。アルバムを小脇に抱え、空のグラスを指さす。

「あとは水にしておく」わたしは嘘をついた。

「わかった」ジェーンは動きを止め、窓のほうにじっと目を注いだ。「わかった」そう繰り返す。「ねえ、たったいま、ものすごくハンサムな男性が歩道を歩いてきたけど」わたしに目を移す。「旦那さん？」

「違うわ。デヴィッドよ。部屋を貸してるの。ここの地下」

「部屋を貸してる？」ジェーンは大きな口を開けて笑った。「彼なら、わたしが部屋を貸したいくらいだわ！」


今夜、玄関のブザーは一度も鳴っていない。ただの一度もだ。家に明かりが一つもついていないのを見て、〝トリック・オア・トリート〟の子供たちはそろって素通りしたのだろう。あるいは、干からびた卵の黄身のせいかもしれない。

わたしは早めに寝室に引き揚げた。

まだ大学院生だったころ、コタール症候群と呼ばれる病気にかかった七歳の男の子に会った。コタール症候群とは、自分は死んでいるという妄想にとらわれる心理現象を指す。そもそもが珍しい障害で、児童が発症する例はさらに珍しい。治療には抗精神病薬が使われるが、効果が上がらない場合は電気ショック療法も行なわれる。でも、わたしはカウンセリングで治療した。それはわたしが挙げた最初の大きな成果で、ウェスリーから注目されるきっかけになった。

あのときの男の子は、もう十代なかばになっているだろう。ちょうどイーサンと同じ年ごろだ。わたしの半分未満の年ごろ。天井をぼんやり見上げているうち、自分がもう死んでいるような気がしてきて、その子のことをふと思い出した。わたしはもう死んでいるのに、こうしてまだここにいて、わたしを置き去りにしたまま人生が進んでいくのを、なすすべもなくただ見守っている。

11 月 1 日　月曜日

13

今朝、一階に下り、キッチンに向かう途中で、地下室のドアの下の隙間にメモを見つけた。〈卵〉

とっさに意味がわからず、まじまじと見つめた。デヴィッドが朝食をご所望ってこと？　ひっくり返してみると、折り目のすぐ下に〈掃除済み〉と書いてあった。ありがとう、デヴィッド。

卵もいいわねと思い立ち、フライパンに卵を三個割り入れ、目玉焼きを作った。数分後、わたしは机の前で半熟の黄身の最後の一つを食べ終え、〈アゴラ〉にログインした。

ちょうどラッシュアワーだ——広場恐怖症の人たちは、起床直後に強い不安に襲われることが多い。案の定、今朝の〈アゴラ〉はにぎわっていた。それから二時間を費やして、慰めたり励ましたりし、大勢にさまざまな処方薬を紹介し（最近わたしが一番頼りにしているのはイミプラミンだけれど、ザナックスもまだまだ現役だ）、嫌悪療法の（議論の余地のない）メリットに関する議論の仲裁をし、Dimples2016の勧めに従ってドラムを叩く猫の動画を眺めた。

ログアウトして、今度はチェスのフォーラムに移動し、土曜の雪辱を果たそうとしたところで、画面に新しいチャットボックスが開いた。

Disco Mickey：この前はありがとう、先生。

パニック発作の件だ。DiscoMickeyが〝錯乱しかけた〟——というのは本人の表現——とき、わたしは一時間近くパソコンに張りついて相手をした。

thedoctorisin：どういたしまして。よくなった？

DiscoMickey：だいぶ。

DiscoMickey：いま話しかけたのは、登録したばかりの女性から、このフォーラムに専門医はいないかって訊かれたから。先生のFAQを送っといたよ。

新患の紹介か。わたしは時刻を確かめた。

thedoctorisin：今日はあまり時間がないかもしれないけど、メッセージを送ってくれるようにその人に伝えて。

DiscoMickey：了解。

DiscoMickey さんはチャットからログアウトしました。

まもなく、また新たなチャットボックスが開いた。ハンドル名は GrannyLizzie。わたしはそのハンドル名をクリックして、ユーザープロファイルにざっと目を通した。年齢：70歳。居住地：モンタナ州。登録日は二日前だった。

また時計にちらりと目をやった。チェスはいつでもできる。モンタナ州から助けを求めている七十歳の女性が優先だ。

画面の一番下に文字情報が表示された。〈GrannyLizzie さんが入力中〉。わたしは待った。さらに少し待つ。よほど長いメッセージを打ちこんでいるか、年齢のせいで新しいことをうまく覚えられないのだろう。わたしの両親は生前、人差し指だけでキーボードを叩いた。浅瀬を行くフラミンゴみたいだった。こんにちはと打つだけで三十秒くらいかかっていた。

GrannyLizzie：もしもし、こんにちは！

人なつこい人らしい。わたしが返事を打つ前に、次のメッセージが表示された。

GrannyLizzie：ディスコ・ミッキーさんから、あなたの名前を教えてもらいました。専門家のアドバイスに飢えていて！

GrannyLizzie：チョコレートにも飢えてるけど、それはまた別の話ね……

わたしはかろうじて言葉を差しはさんだ。

thedoctorisin：こんにちは！　このフォーラムには登録したばかり？

GrannyLizzie：そうなの！

thedoctorisin：DiscoMickey が温かく歓迎してくれているといいけれど。

GrannyLizzie：ええ、とてもよくしてもらいましたよ！
thedoctorisin：どんなご相談ですか。
GrannyLizzie：チョコレートのことはあなたに相談してもだめよね！

はしゃいでいるのか。それとも緊張しているの？　わたしは辛抱強く先を待った。

GrannyLizzie：相談したいのは……
GrannyLizzie：とっても言いにくいんだけど……

もったいぶらないで話してちょうだい……

GrannyLizzie：ひと月前から、家を出られなくなってしまったの。
GrannyLizzie：相談したいことはそれ！
thedoctorisin：おつらいですね。リジーって呼んでもかまいませんか。
GrannyLizzie：もちろん。
GrannyLizzie：モンタナに住んでるの。第一の職業はおばあちゃん、第二の職業は美術教師よ！

その話は追々するとして、まずは――

thedoctorisin：リジー、ひと月前に何か特別なことは起きましたか。

一瞬の間。

GrannyLizzie：夫が死んだの。
thedoctorisin：なるほど。ご主人のお名前は？
GrannyLizzie：リチャードよ。
thedoctorisin：心よりお悔やみ申し上げます、リジー。わたしの父もリチャードという名前でした。
GrannyLizzie：お父様　は亡くなったの？
thedoctorisin：ええ、父も母も四年前に。母は癌でした。父も五カ月後に脳卒中で。前から思ってたんですよ、尊敬できる人にはリチャードって名前の人が多いなって。

GrannyLizzie：でも、ニクソン元大統領もリチャードよ!!
上々だ。この調子で打ち解けよう。

thedoctorisin：結婚して何年くらいでしたか。
GrannyLizzie：四十七年。
GrannyLizzie：職場恋愛だったの。ちなみに、一目惚れ同士よ！
GrannyLizzie：リチャードは化学、わたしは美術の教師だった。反対のものは惹かれ合うって本当ね。
thedoctorisin：すてき！　お子さんは？
GrannyLizzie：息子が二人、孫息子が三人。
GrannyLizzie：息子たちもなかなかの美男子だと思うけれど、孫たちは絶世の美男子なんだから！
thedoctorisin：男の子ばかり五人も。
GrannyLizzie：そうなのよ！
GrannyLizzie：子育ては、それはもうたいへんだったわ！

GrannyLizzie：臭いもすごかった！

わたしは患者の口調に注目する。はきはきして、どこまでも明るい。言葉づかいにも注意を払う。砕けた調子だけれど自信にあふれ、句読点を省略せず、タイプミスも一つ二つあるだけだ。聡明で外交的。それに几帳面だ。数はアラビア数字ではなくアルファベットで綴《つづ》り、〝ちなみに〟をbtwと略さずby the wayと書いている。といっても、これは年代のせいかもしれない。いずれにせよ、カウンセリングできそうなおとなだ。

GrannyLizzie：それはそうと、あなたは男の子？

GrannyLizzie：もし男性だったらごめんなさい。でも、女の人にもお医者さんはいるものだものね！　ここみたいなモンタナの田舎にも！

自然と頬がほころんだ。この人は好きになれそうだ。

thedoctorisin：お察しのとおり、女性です。

GrannyLizzie：よかった！　女の子のお医者さんがもっと増えるといいわ！

thedoctorisin：ところでリジー、リチャードが亡くなってからのことを教えてください。

リジーは話してくれた。葬儀から帰ったあと、玄関から出るのが急に怖くなって弔問客を見送れなかったこと。それから日がたつうちに、外の世界が自分の家に侵入してこようとしているような気がして、窓のブラインドを閉め切ったこと。息子さんたちは遠く南東部で暮らしていること、二人とも途方に暮れ、心配していること。

GrannyLizzie：冗談はさておき、とても不安でしかたがないの。

よし。腕が鳴る。

thedoctorisin：不安なお気持ちはわかります。おそらく、リチャードが亡くなって、あなたの世界は以前とまったく違うものになってしまったのに、外の世界は何事もなかったように進んでいることが原因だと思います。その現実を認め、受け入れることは簡単にはできません。

わたしは返事を待った。リジーは何も言ってこない。

thedoctorisin：さっき、リチャードの持ち物はいっさい片づけていないとおっしゃいましたね。その気持ちは理解できます。でも、処分することも考えてみたらどうでしょう。

ラジオの電波が途絶えたような沈黙が続いた。

やがてようやく――

GrannyLizzie：あなたとお話しできて本当によかった。ホントにホント《リアリー・リアリー》。

GrannyLizzie：孫たちの返事はそればかり。『シュレック』で言ってたんですって。ホントにホント。

GrannyLizzie：またお話しさせてもらってもいいかしら？

thedoctorisin：もちろん。ホントにホント！

言わずにいられなかった。

GrannyLizzie：あなたを紹介してくれたディスコ・ミッキーさんにホントにホント(!!)感謝しなくちゃ。ご親切にどうもありがとう。

thedoctorisin：どういたしまして。

リジーが先にログアウトするのを待ったが、まだ入力中のようだ。

GrannyLizzie：あなたのお名前さえ知らないことにたったいま気づいたわ！

わたしはためらった。〈アゴラ〉で実名を明かしたことはまだ一度もない。サリーにも伝えていなかった。特定されたくないからだ。実名と職業を組み合わせてリアルのわたしを探し出されたり、知られたくないことをほじくられたりするのはごめんだ。そう思う一方で、リジーの話に心を動かされていた。夫を亡くしたばかりの高齢の女性が、一人きりで悲しみに向き合いながら、広すぎる空の下、気丈にふるまっている。ジョークはいくらでも言えても、家から出ることはできない。どれほど不安だろう。

thedoctorisin：アナです。

こちらからログアウトしようとしたとき、最後のメッセージが届いた。

GrannyLizzie：ありがとう、アナ。

GrannyLizzie さんはチャットからログアウトしました。

血が沸き立つのがわかった。わたしは誰かの役に立った。心が通じた。〝心を通わせることさえできれば〟。それって、どこで聞いた言葉だった？

ご褒美に一杯注ごう。

14

軽い足取りでキッチンに下り、首を回すと、骨が鳴った。そのとき、頭上のあるものに目が吸い寄せられた。階段を上りきった先、四階の天井の暗がりから、黒い染みがわたしを見下ろしていた。天窓のすぐそば、屋上に出るハッチの輪郭に沿って広がっているように見える。

デヴィッドがいる地下室のドアをノックした。すぐにドアが開いた。デヴィッドは裸足で、くたびれたTシャツに穿き古したジーンズという格好だった。起こしてしまったらしい。「ごめんなさい。寝てた？」

「いや」

嘘つき。「ちょっと見てもらいたいものがあるんだけど、いい？　天井から雨漏りしてるみたい」

最上階に向かった。書斎の前を過ぎ、わたしの寝室の前を過ぎ、オリヴィアの部屋と四階の客用寝室のあいだの踊り場に立つ。

「でかい天窓だ」デヴィッドが言った。

褒めているつもりなのか、よくわからない。「もともとあったものなの」沈黙を避けるためだけにわたしは言った。

「楕円形だ」

「そうね」

「あんまり見たことがない」

「楕円形の天窓は見たことがないってこと?」

おしゃべりはここまでらしい。デヴィッドは染みに目を凝らしている。

「かびだな」ささやくような声で言った。いたわりをこめて患者に診断を伝える医者みたいだ。

「それじゃまた生える」

「ブラシで取れる?」

「どうすればいい?」

デヴィッドはため息をついた。「まずは屋上を見てみないと」そう言ってハッチの開閉チェーンを引いた。ハッチが震えながら開き、はしごがかたかたと下に伸びてきた。ふいに陽光が射しこむ。わたしは片側によけてその光から逃れた。やはりバンパイアなのかもしれない。

デヴィッドははしごを引いて、床に着くまで伸ばした。上っていくデヴィッドを見上げる。ジーンズがお尻にぴたりと張りついている。まもなくデヴィッドは見えなくなった。

「何かある?」わたしは大きな声で訊いた。

返事がない。

「デヴィッド?」

からんと大きな音がした。水しぶきが陽の光をまき散らしながら踊り場に降り注ぐ。わたしは後ずさった。「すみません」デヴィッドの声が聞こえた。「じょうろを倒しちまった」

「気にしないで。何か見える？」

一瞬の間があって、デヴィッドの声が聞こえた。感じ入ったような声だった。「屋上はジャングルだ」

それはエドの思いつきだった。四年前、わたしの母が死んだときのことだ。「何か没頭できるものがあったほうがいい」エドはそう言い、わたしたちは屋上庭園造りに着手した。花壇、家庭菜園、ツゲのミニ生け垣。そして庭園の目玉、不動産屋呼ぶところの〝屋上の主役〟は、格子造りのあずまやだ。幅二メートル、奥行き四メートルほどあって、葉が生い茂る春から夏にかけては木漏れ日のトンネルになる。そのあとしばらくして父が脳卒中で死ぬと、エドはアーチの内側に追悼のベンチを設置した。ベンチには〈アド・アストラ・ペル・アスペラ〉というラテン語の銘文が刻まれている——苦難を越えて栄光へ。春や夏の夕暮れ時、わたしはよくグラスを持ってそこに座り、金色を帯びた緑色の光に包まれながら本を読んだ。

ここしばらく、屋上庭園のことなんて頭からほぼ完全に消えていた。きっと荒れ放題になっているだろう。

「草ぼうぼうだ」思っていたとおり、デヴィッドが言った。「ほとんど森みたいだ」

もう下りてきてほしい。

「この格子垣みたいなものは？」デヴィッドが訊く。「防水シートがかかってるけど」

毎年秋に防水シートで覆っていた。わたしは何も言わなかった。ただ記憶が蘇《よみがえ》っただけだ。

「足もとに気をつけたほうがいい。うっかり天窓に乗ったらたいへんだ」

「屋上に出る予定はないから」わたしはわかりきったことを言った。

天窓のガラスがごとごと鳴った。デヴィッドが足を乗せてみているらしい。「頼りないな。木の枝でも落ちたら、一発で破れちまいそうだ」また一瞬の間があった。「それにしてもここはすごいな。見たければ、写真でも撮るけど」

「ううん、いいわ。この雨染みはどうしたらいいかしらね」

はしごに片方の足が下りた。続いてもう一方も現れて、デヴィッドが下りてくる。「プロに頼んだほうがいい」床に下り、はしごを元どおりに縮めた。「屋上の防水塗装をやり直してもらわないと。でも、天井のかびはペイントスクレーパーで剥がせそうだ」ハッチを天井に格納する。「かびが生えてたところに紙やすりをかける。防かび塗料とエマルション塗料を塗る」

「全部持ってる？」

「塗料二種類は買わないと。ここは換気したほうがいい」

わたしは固まった。「それ、どういう意味？」

「窓を開ける。この階じゃなくてもかまわないから」

「窓は開けないことにしてるの。どの階も」

デヴィッドは肩をすくめた。「それだけで防かびになるのに」

わたしは階段を下り始めた。デヴィッドがついてくる。二人とも無言のまま一階まで下りた。

「玄関、掃除してくれてありがとう」キッチンまで戻ったところで、わたしは沈黙を埋めるためだけにそう言った。

「誰のしわざかな」

「近所の子供」

「知ってる子？」

「いいえ」わたしはちょっと間を置いてから続けた。「どうして？　どこの子かわかってたら、あなたが行ってお仕置きしてくれるとか？」

デヴィッドは目をしばたたいた。わたしは続けた。

「住み心地に不満がないといいけど」デヴィッドが地下に越してきて二カ月になる。部屋を賃貸に出してはどうかと提案したのはドクター・フィールディングだった。家賃を格安に設定して、その代わり、細々した雑用やごみ出し、家周りの修繕をやってもらってはどうか。わたしがクレイグスリストに出した広告に最初に反応してメールをくれたのがデヴィッドだった。ずいぶん事務的なメールだと思ったのを覚えている。不機嫌そうだとさえ思った。しかし、あれでもデヴィッドにしては長々と書いたほうなのだと実際に会ってみてわかった。ボストンからニューヨークに移ってきたばかりで、長く便利屋をやっている。非喫煙者で、銀行口座の残高は七千ドル。会ったその日に契約を交わした。

「不満はないですよ」デヴィッドは薄暗がりになった天井を見上げた。「暗くしとくわけが何かあるの？　医者から言われてるとか」

頬が熱くなった。「わたしと同じ……」こういう場面ではどんな言葉を使えばいい？「……同じ境遇の人は、あまり明るいと無防備に感じるの」わたしは窓のほうに曖昧に手をやって続けた。「そうでなくてもこの家は自然光がたっぷり入るし」

デヴィッドは少し思案したあと、うなずいた。

「あなたの部屋はどう、暗すぎたりしない？」わたしは訊いた。

「大丈夫ですよ」

今度はわたしがうなずく番だった。「エドの青写真がまた出てきたりしたら、教えてね。全部保管しておくことにしてるから」

猫用のドアが開閉する音がして、パンチがそろりとキッチンに入ってきた。

「いつもいろいろありがとう」わたしは言った。が、タイミングが悪かった。デヴィッドは地下室に戻るドアのほうに歩きだそうとしていた。「その……ごみ出しや雑用を引き受けてくれて。あなたがいてくれて、ほんと助かってる」しどろもどろになりながら付け加えた。

「どういたしまして」

「図々しいお願いだけど、天井の件をどうにかしてくれる人を探してもらえたら……」

「了解」

そのとき、わたしとデヴィッドのあいだのアイランド型カウンターにパンチが飛び乗り、口にくわえていたものを落とした。わたしはそれに目を凝らした。

ネズミの死骸。

わたしは飛び退《の》いた。デヴィッドもぎくりとしたのを見て、なんだかほっとした。小さなネズミだった。てらてら脂ぎった毛、黒いミミズみたいな尻尾《しっぽ》。胴体はずたずたにされている。

パンチが誇らしげな顔でわたしたちの反応を待っていた。

「いけない子」わたしは叱りつけた。パンチは首をかしげた。

「ずいぶん念入りにもてあそんだみたいだね」デヴィッドが言った。

わたしはネズミを観察した。「これ、あなたがやったの？」相手が猫であることを忘れて、パンチを尋問した。パンチはカウンターから飛び下りた。

「おお、こわ」デヴィッドが言った。わたしは顔を上げた。カウンターの向こう側で、パンチは背を丸め、暗い色をした目をぎらつかせていた。

「どこかに埋める？」わたしは言った。「ごみ箱に入れておいたら腐るわよね」

デヴィッドが咳払いした。「明日は火曜だ」ごみの日か。「いまのうちに出しちまおう。古新聞はあるかな」

「いまどき、新聞を取ってる家なんてあるの？」そんなつもりはなかったのに、きつい口調になった。わたしはあわてて付け足した。「ビニール袋ならある」

抽斗から袋を出す。デヴィッドが手を差し出したが、これくらいならわたしにもできる。ビニール袋を裏返しにして手にかぶせ、おっかなびっくり死骸をつかんだ。背筋が小さく震えた。

死骸に袋をかぶせ、クリップで口を留めた。デヴィッドが袋を受け取り、カウンターの下のごみ容器を引き出して、ネズミの死骸をそこに放りこんだ。どうか安らかに。

デヴィッドが容器からごみ袋を引っ張り上げたとき、下の部屋から物音が聞こえた。水道管が歌い、壁同士がおしゃべりを始める。シャワーの音だ。

わたしはデヴィッドの顔を見た。デヴィッドは眉一本動かさずにごみ袋の口を結ぶと、ひょいと肩にかけた。「出しときますよ」そう言って悠然と玄関に向かった。

別に、彼女の名前を訊こうなんて思っていないわよ。

15

「だーれだ」

「ママ」

わたしは知らぬ顔で尋ねた。「ハロウィーンはどうだった、パンプキン」

「楽しかった」オリヴィアはまた何か食べている。エドがオリヴィアの体重をちゃんと管理していてくれればいいが。

「お菓子、たくさんもらえた？」

「すごくたくさん。過去最高記録」

「お気に入りはどれ？」ピーナッツのM&Mに決まっている。

「スニッカーズ」

おっと、失礼しました。

「ちっちゃいの」オリヴィアが説明する。「赤ちゃん用スニッカーズって大きさ」

「じゃあ、夕飯は中華料理だったの、それともスニッカーズ？」

「どっちも」

これはぜひともエドと話し合わなくてはならない。

ところがエドは自己弁護するように言った。「晩飯にチョコレートを食べたといっても、一年にたった一日の話だ」

「あの子がかわいそうでしょう」

沈黙。「虫歯ができて？」

「太っちゃって」

エドのため息が聞こえた。「ぼくにだって面倒は見られる」

わたしもため息をついた。「あなたには無理って言いたいわけじゃないわ」

「そう聞こえるけどな」

わたしは額に手を当てた。「八歳は要注意なのよ。八歳ごろに急激に太る子供が多いの。とくに女の子」

「気をつけるよ」

「それでなくてもぽっちゃり期がすでにあったわけだし」

「がりがりのほうがましだっていうのか？」

「まさか。がりがりも太るのと同じくらいよくないわ。とにかく健康でいてほしいだけ」

「わかったよ。今夜のおやすみのキスはローカロリーのやつにしておこう」エドがおどける。「ダイエット・チュー」

わたしは微笑んだ。それでも、おやすみを言い交わすわたしたちの声は、どことなくぎこちなかった。

11月2日　火曜日

16

二月のなかば——家に引きこもり始めて六週間近くたち、少しも快方に向かっていないことを自覚して——わたしはある精神分析医に連絡を取った。五年前、ボルチモアで開催された学会で行なわれた講演（「非定型抗精神病薬と心的外傷後ストレス障害」）を聴いて記憶に残っていた医師だ。当時、向こうはわたしのことを知らなかった。いまは知っている。

カウンセリングを受けたことがない人は、精神分析医とはみな当たりが柔らかくて患者思いの人物で、患者は診察室のソファでトーストに載せたバターみたいにとろけるものと思っている。現実には、有名な歌にあるように、そうとはかぎらない。その一例が、ドクター・ジュリアン・フィールディングだ。

まず、ソファがない。わたしとドクターは毎週火曜にエドの図書室で会う。ドクター・フィールディングは暖炉のそばのクラブチェアに座り、わたしは窓のそばのウィングバックチェアに座る。ドクターの物腰は柔らかいが、古いドアが軋《きし》むような声で話す。そして、優秀な精神科医らしく四角四面で、曲がったことが嫌いだ。「おしっこするのにいちいちシャワーから出るタイプ」、エドは毎度そんな風に評する。

「で」ドクター・フィールディングがしわがれた声で言った。午後の陽射しが矢印のようにドクターの顔を指し、眼鏡をふたごの太陽に変えている。「昨日、オリヴィアのことでエドと口論をしたわけだね。エドと話すことに何かメリットはあるのかな」

わたしは首をひねってラッセル家を見やる。ジェーン・ラッセルはどうしているだろう。やれやれ、一杯飲みたい。

指先で首の皺をなぞる。それからドクター・フィールディングに向き直った。

ドクターはわたしをじっと観察していた。額に皺が深々と刻まれている。疲れたのだろうか。わたしは疲れた。今日のカウンセリングは盛りだくさんだった。パニック発作を起こした経緯を説明し（ドクターは心配そうだった）、デヴィッドとのやりとり（これには無関心そうだった）やエドやオリヴィアとの会話（またもや心配そうになった）について話した。

わたしはまた目をそらし、まばたきをせず、何も考えず、ぼんやりとエドの書棚を見やる。ピンカートン探偵社の沿革。ナポレオンの伝記二冊。『サンフランシスコ・ベイエリアの建築』。夫は乱読家だ。遠くにいるわたしの夫は。

「そういった会話はきみに葛藤を与えているようにわたしには聞こえるね」ドクター・フィールディングが言った。いかにも精神科の医師らしい言葉づかいだ。「～のように聞こえる」「言い換えるとこういうことかな」「こういう解釈でよろしいでしょうか」わたしたちは通訳だ。翻訳者だ。

「わたしは……」言葉がひとりでに出ていこうとしている。その話をできるのか。できる。その話を切り出した。「どうしても――やめようと思っても――あの旅行のことを考えてしまう。計画したのはわたしだと思うと、たまらなくなる」

部屋の反対側からは反応がない。ドクター・フィールディングも知っている話なのに――いや、知っている話だから、かもしれない。ドクターは隅々まで知っている。耳にたこができるほど聞かされている。何度も。

「わたしじゃなければよかったのに。わたしじゃなかったらどんなによかったか。エドの思いつきだったらといまも思うの。いっそ誰も思いつかなかったらよかったのに、あの旅行に行っていなければばって」わたしは両手を握り合わせる。「わかりきったことだけど」

静かな声――「しかし、実際には行った」

黒焦げにされた気分になる。

「きみは家族旅行を計画した。悔やむようなことではないよ」

「ニューイングランドの、よりによって冬に」

「冬にニューイングランド地方を旅行する人は大勢いる」

「愚かだった」

「思いやりから出た行為だ」

「愚かにもほどがある」わたしは引かない。

ドクター・フィールディングは答えなかった。セントラルヒーティング装置が咳払いをし、ため息をついた。

「わたしがあんなことをしなければ、いまも一緒だったのに」

ドクターは肩をすくめた。「そうとは言い切れない」

「いいえ、絶対にそうよ」

ドクターの視線が圧力になってわたしに注がれる。

「昨日、人の役に立ったわ」わたしは言った。「モンタナ州の女性。お孫さんがいるの。一カ月前から家にこもってるんですって」

唐突に話題が変わることに、ドクターは慣れている。「神経シナプスの跳躍」とドクターは呼ぶけれど、わたしが意図的に話題を変えていることは二人ともわかっていた。わたしは勢いこんで話し続けた。GrannyLizzie のこと、実名を教えたこと。

「なぜ教える気になった？」

「リジーが他人との結びつきを求めていると思ったから」それこそが——ああ、思い出した。フォースターが本のなかで強調していたこと。〝心を通わせることさえできれば〟。『ハワーズ・エンド』——読書クラブの七月の課題図書の最初に出てくる言葉。「その人の力になりたかった。身近に感じてもらいたかったの」

「他人を思う気持ちから出た行為だね」ドクターが言った。

「まあね」

ドクターは座り直した。「きみは相手の気持ちを汲んで行動できるところまで来ているように聞こえるね。自分の気持ちばかりではなく」

「そうかもしれない」

「それは進歩だ」

いつのまにかパンチが来て、わたしの足もとを行ったり来たりしながら、膝に飛び乗るチャンスをうかがっていた。わたしは片方の足首をもう一方の膝に載せた。

「理学療法はどんな調子かな」ドクター・フィールディングが訊く。

わたしは自分の脚や上半身に掌をすべらせた。クイズ番組で賞品を紹介するみたいに——あなたにも、この久しく使われていない三十八年ものの体を勝ち取るチャンスがあります！　「昔はこんなじゃなかったんだけど」そう言ったあと、ドクターに指摘される前に付け加えた。「わかってます。痩せるためのエクササイズじゃありませんよね」

それでもやはりドクターは指摘した。「理学療法の目的は、体型を維持することだけではない」

「わかってる。わかってます」

「ともかく、順調なんだね？」

「よくなりました。痛みはもうありません」

ドクターは無表情にわたしを見つめた。

「本当よ。背骨はよくなったし、肋骨のひびも治ってる。歩くとき足を引きずったりもしない」

「たしかに、それにはわたしも気づいたよ」

「ただ、軽いエクササイズはしたいし、ビナに会いたいから」

「友達になったわけだ」

「そんなところ」わたしは認めた。「ただし、お金を払って来てもらってる友達」

「最近は毎週水曜に来ているんだったね」

「何事もなければ」

「よし」ドクターは、水曜日はとりわけ有酸素運動に適した曜日だとでもいうみたいにうなずいた。ドクターがビナに会ったことは一度もない。二人が一緒にいるところなんて想像さえできなかった。別々の次元に存在しているのではないかという気がする。

そろそろカウンセリングの終了時間だ。炉棚の時計を確かめなくてもわかる。ドクター・フィールディングにもわかるはずだ。何年も精神分析医をやっていると、秒単位の誤差で、五十分を計測できるようになる。「ベータ遮断薬はいまの量で続けようか」ドクターが言った。「トフラニールは百五十ミリグラムだったね。二百五十まで増やそう」ここで眉根を寄せる。「今日の話の様子からすると、増やしたほうがいい。気分を下支えしてくれる」

「いまの量でもかなりぼやけてるんだけど」わたしは前にも伝えたことを繰り返した。

「ぼやける？」

「ぼやけるというか、ぼんやりする感じ。両方かも」

「目が？」

「いいえ、目の話じゃなくて。目がかすむんじゃなくて、その……」前にもこの話はしたのに――忘れたの？　まさか、わたしが話したつもりでいるだけ？　ぼやける。ぼんやりする。ああ、早く一杯やりたい。「ときどき、処理しきれないくらいたくさんの考えが一度に押し寄せてくるの。頭のなかに交差点があって、四方向からみんなが一度に渡ろうとしてるみたいな感じ」

　ドクター・フィールディングは額に皺を寄せ、ため息をついた。「まあ、薬を増減すれば、効果もきっちり比例するというものではないからね。きみも知ってのとおり」

「ええ。知ってます」

「きみはいま、かなりの種類の薬を服用している。一つずつ増減して、ちょうどいいバランスを探っていくしかない」

　わたしはうなずいた。ドクターが言わんとしていることに察しがつく。わたしの病状は悪化していると考えているのだ。胸が苦しくなった。

「二百五十ミリグラムに増やして様子を見よう。それで支障があるようなら、集中力を高める薬を検討しようか」

「向知性薬？」アデロールか。注意欠陥多動性障害《ADHD》の子を持つ親から、アデロールを処方してもらえないかと相談されたことが何度もあるが、わたしはそのたびにはねつけてきた

──なのにいま、わたしは自身がアデロールを処方してもらいたいと思っている。変われば《プリュ・サ》変わるもの《・シャーンジュ》だ。

「様子を見ながらまた検討しよう」ドクターは言った。処方箋綴りにペンを走らせ、一番上の一枚を剝いでわたしに差し出す。その手は小刻みに震えていた。本態性振戦か、それとも低血糖か。パーキンソン病を早期に発症しているのでなければいいけれど。立場を考えると尋ねることはできない。わたしは処方箋を受け取った。

「ありがとうございました」立ち上がってネクタイを直しているドクターにわたしは言った。「この処方箋どおりにのんでみます」

ドクターはうなずいた。「じゃあ、また来週」そう言って出ていきかけて、振り返った。

「アナ？」

「はい？」

ドクターはまたうなずいた。「ちゃんと薬を出してもらってくれよ」

ドクター・フィールディングを見送ったあと、わたしはネットで処方箋調剤を依頼した。午後五時までに配達してくれるという。それだけ時間があれば、一杯飲める。もしかしたら二《ドゥ》杯。

その前にやることがある。マウスを動かし、画面上のふだんは見向きもしない一角にカーソルを移動して、エクセルのスプレッドシートをいやいやながらダブルクリックした。

処方されている薬について、事細かに管理している。薬の種類、用量、ドクターの指示……わたしの〝お薬カクテル〟に含まれる材料のすべて。日付を見ると、八月を最後に、わたしは更新を怠っている。

いつものことだけれど、ドクター・フィールディングは正しい。わたしはかなりの数の薬を服用している。十指に余る数だ。しかも——思い出してつい顔をしかめた——用量や回数を律儀に守っているとは言いがたい。二回分を一度にのんだり、一回飛ばしたり、アルコールでのんだり……ドクター・フィールディングが知ったら頭から湯気を立てて怒るだろう。心を入れ替えなくちゃ。投げやりになってはいけない。

17

Command-Q でエクセルを終了した。さて、お待ちかねの一杯を注ぐとしよう。

片手にグラスを、もう一方にはニコンのカメラを持って、書斎の隅、南向きと西向きの窓のあいだに腰を落ち着けて、近所を観察する。エドはよく、〝縄張りチェック〟と呼んでいた。リタ・ミラーがヨガ教室から帰ってきた。肌が汗で光っている。片方の耳に携帯電話を押し当てていた。わたしはレンズを調節してズームした。リタは微笑んでいる。電話の相手は、あのインテリアプランナーだろうか。それともご主人？　そのどちらでもなかったりして。

その東どなり、二一四番地にレンズを向けると、ミセス・ワッサーマンとご主人のヘンリーが玄関ポーチの階段を下りてくるところだった。人間愛と真理の光を広めにいくのだろう。

レンズを西に振る。二軒分を占めている家を二人組の通行人が見上げ、一人が鎧戸《よろいど》を指さしていた。「造りがよさそうな家だ」そう話す声が聞こえてくるようだった。

やれやれ。勝手なせりふをでっち上げるところまで病状が進行しているらしい。

誰にも気づかれないよう用心しているみたいに——現に誰にも見つかりたくない——カメラをそろそろと動かし、公園の先のラッセル家にレンズを向けた。キッチンは薄暗く、誰もいなかった。ブラインドが途中まで下ろされているのが、半分閉じた目のようだった。一つ上の階のリビングルームには、まるで窓を額縁にしたかのように、赤と白のキャンディストライプ柄の二人がけのラブシートにジェーンとイーサンが並んで座っていた。ジェーンのバターみたいな黄色のセーターの襟ぐりから、急勾配の谷間がのぞいている。そこに、山肌に取りついた登山者のように、ロケットペンダントがぶら下がっていた。

フォーカスリングを回す。映像が鮮明になる。ジェーンは白い歯を見せて微笑み、手をひらひらと動かしながら、早口でしゃべっていた。イーサンの目は自分の膝を見つめているが、唇にはあのはにかんだような笑みが浮かんでいる。

ラッセル家のことはドクター・フィールディングに話していない。何と言われるかわかりきっているし、自分の心理は分析できる。あの核家族——母親、父親、一人っ子——に、自分の家族を重ねているのだ。すぐ目の前の家、となりの家に、わたしがかつて持っていた家族、かつて営んでいた人生がある。失って二度と取り返せないと思っていたものが、公園をはさんだすぐ向かいに存在している。だから何？ わたしは自分に訊き返す。もしかしたら声に出していたかもしれない。最近はもう、考えただけなのか、口に出して言っているのか、自分でも区別がつかなくなっている。

ワインを飲み、唇を拭い、またカメラを持ち上げる。ファインダーをのぞく。

ジェーンがわたしを見つめ返していた。

わたしはカメラを膝に下ろす。

見間違いではない。望遠レンズを通さなくても、ジェーンのまっすぐな視線、軽く開いた唇がはっきり見える。

ジェーンが片手を上げて振った。

穴があったら入りたい。

手を振り返す？　目をそらすほうがまし？　驚いたみたいに目をしばたたいたら、ジェーンの近くの別のものにカメラを向けていたふりができる？　「あら、そこにいたのね、気づかなかった」とごまかせる？

無理だ。

わたしは立ち上がる。カメラが床に転がり落ちた。「拾わなくていいから」わたしは言う。今度は確かに声に出して言った。それから逃げるように書斎を出て、階段の暗がりに飛びこむ。

これまで、気づいた人は一人もいなかった。ドクター・ミラーとリタ・ミラー、タケダ一家、ワッサーメン、にぎやかなグレー・ファミリー。誰もカメラに気づかなかった。引っ越す前のロード夫妻、離婚する前のモッツ夫妻も。郵便配達員も、わたしは毎日、各戸に配達する姿を撮影していたのに、気づかなかった。何カ月ものあいだ、撮った写真の一枚一枚に目を凝らした――ついにこの家の窓の外にある世界の動向についていけなくなるまで。もちろん、いまでも特別に例外を認めることはある。たとえばミラー夫妻には興味津々だ。少なくとも、ラッセル家が引っ越してくるまでは。

そして愛用のオプテカのズームレンズは、双眼鏡より性能がいい。

なのにいま、羞恥の念が電気のように体中を駆け巡っている。これまでカメラでとらえてきたあらゆる人、あらゆる場面を思い起こす。近所の住人、見知らぬ人々、キス、ピンチ、嚙んでぼろぼろになった爪、落ちた小銭、急ぎ足で行く姿、つまずいた瞬間。目を閉じてチェロの弦を押さえた指を小刻みに揺らすタケダ家の少年。笑顔でワイングラスを掲げ、乾杯するグレー一家。リビングルームでケーキに立てた蠟燭《ろうそく》に火を灯すミセス・ロード。結婚生活が終焉《しゅうえん》にさしかかったころ、バレンタイン・レッドに彩られたリビングルームのこちらと向こうから怒鳴り合っていた、若きモッツ夫妻。そのあいだの床に、割れた花瓶の廃墟があった。

わたしが盗み取ったイメージが、パソコンのハードドライブからあふれかけている。ジェーン・ラッセルは、公園の向こうからまばたきもせずにわたしを見た。わたしは透明人間ではない。わたしは死んでいない。生きている。世界からも見えていて、そして自分を恥じている。

『白い恐怖』のブルロフ博士のせりふが頭に浮かんだ。〈いいかね、現実に何度も正面からぶち当たっているくせに、現実なんて存在しないと言い張ることはできないのだよ〉

三分後、書斎に戻った。ラッセル家のラブシートには誰もいなかった。イーサンの部屋に目を移す。イーサンはそこにいて、パソコンの上にかがみこんでいる。

おそるおそるカメラを拾い上げた。無事だった。

そのとき、玄関のブザーが鳴った。

18

「暇で暇で死にそうなんでしょ」わたしがリビングルームと玄関ホールの境のドアを開けるなり、彼女は言った。それからわたしに腕を回して抱き寄せた。わたしは困惑の笑い声を漏らす。「モノクロ映画ばかり見てたら、誰だってうんざりするわよね」

彼女はわたしを追い越してリビングルームに入っていく。わたしはまだひとことも発していない。

「これ、お土産」彼女は微笑んでバッグに手を入れた。「ちゃんと冷やしておいたわよ」

リースリングのボトル。汗をかいている。口に唾が湧く。白ワインはずいぶん久しぶりだ。

「そんな、悪いわ——」

でも彼女はもう、一直線にキッチンに向かっていた。

十分後には二人でワインのグラスを傾けていた。ジェーンはバージニア・スリムを一本取り出して火をつけた。すぐに吸い終わって、また次の煙草に火をつける。まもなくリビングルームに紫煙が充《み》ち、頭上でうねり、天井のライトの下で渦を巻いた。グラスに注いだリースリングまで、煙の味がした。不快ではない。大学院時代を思い出す。星のない夜、コネティカット州ニューヘイブンのバーの外、ちびた煙草をくわえた男たち。

「ずいぶんたくさんメルローを買ってあるのね」ジェーンの目はキッチンのカウンターを見つめている。

「いつも箱買いするから」わたしは弁解する。「好きなのよ」

「どのくらいのペースで買うの？」

「年に二、三回かな」最低でも月に一度。

ジェーンがうなずく。「こういう生活だと――いつからって言ってた？　半年？」

「そろそろ十一カ月」

「十一カ月」ジェーンは唇をすぼめて小さなOの字を作った。「口笛、吹けないのよね。いままで吹いたってことにして」煙草をシリアルボウルでもみ消し、左右の指先を塔のような形に合わせると、祈りを捧げようとしているような姿勢で身を乗り出す。「ねえ、一日中、何してるの？」

「カウンセリングね」わたしは取り澄まして答えた。

「誰の？」

「ネットで知り合う人たち」

「ああ」

「ネットでフランス語のレッスンも受けてる。チェスもやる」わたしは付け加えた。

「ネットで？」

「ネットで」

ジェーンはグラスにワインが残した最高水位線を指でなぞった。「インターネットは、言ってみれば……世界をのぞき見る窓ってわけね」

「現実の窓もね」わたしはジェーンの背後の大きな窓を見やる。

「のぞき見用の窓」ジェーンが言い、わたしの顔が熱くなった。「いやだ、冗談だってば」

「さっきはごめんなさい――」

ジェーンは手を振り、新しい煙草に火をつけた。「もういいから」唇から煙が漏れ出た。

「リアルなチェスセットもある？」

「チェスをやるの？」

「昔、ちょっとだけ」シリアルボウルに煙草をちょこんと置く。「どんなセットか、見せてよ」

最初のゲームが佳境に入ったころ、玄関のブザーが鳴った。五時きっかり――薬局の配達だ。ジェーンが受け取りに出た。「宅配のドラッグ！」玄関から戻ってくるなりそう叫ぶ。「リラックスできるやつはある？」

「どれもアガる薬」わたしはワインのボトルを新しく開けた。今度はメルローだ。

「だったらパーティね」

ワインを飲み、チェスをやり、おしゃべりをした。どちらも一人っ子を持つ母親だ。これはもう知っていた。どちらもヨット乗りだ。これは初めて知った。ジェーンは一人乗りのヨットを好み、わたしは二人乗りが好きだ――好きだった。

エドとのハネムーンの話をした。三十三フィートのアレリオンをチャーターして、エーゲ海の島々を巡った。サントリーニ島、デロス島、ナクソス島、ミコノス島。「二人きりで」記憶がありありと蘇る。「エーゲ海をクルージングしたの」

「映画の『デッド・カーム』みたい」ジェーンが言う。

わたしはワインを飲む。「『デッド・カーム』の海は太平洋よね」

「でも、それ以外は『デッド・カーム』みたいじゃない」

「あの夫婦は事故で息子を亡くした悲しみを癒やすために、旅に出たのよ」

「わかった。もうわかったってば」

「それに、助けを求めてきた男をヨットに乗せたら、その男がサイコパスで、あやうく殺されそうになるの」

「ねえ、わたしが言いたいのはそういうことじゃないってわかってるくせに」

ジェーンが眉を寄せてチェスの次の手を考えているあいだに、わたしは冷蔵庫からトブラローネのチョコレートを発掘し、包丁でひと口サイズに切り分けた。テーブルに持っていき、二人でもぐもぐ食べた。夕食にお菓子。オリヴィアのことは言えない。

しばらくのち――

「お客さんはよく来るの？」ジェーンは自分のビショップをそっとなでたあと、ボードの上をすべらせる。

わたしは首を振り、口に含んでいたワインを飲みこむ。「ぜんぜん。あなたや息子さんくらい」

「どうして？　どうして誰も来ないの？」

「どうしてかな。両親はもういないし、仕事が忙しかったから、友達らしい友達もいないし」

「仕事の同僚は？」

ウェスリーの顔が思い浮かぶ。「わたしともう一人しかいなかった」わたしは答える。「その同僚も、わたしの患者をそっくり引き受けるはめになって、むちゃくちゃ忙しいのよ」

ジェーンはわたしを見つめた。「さみしい生活ね」

「そうね」

「さすがに電話は持ってるんでしょ」

わたしはキッチンカウンターの隅っこにひっそりと置かれた固定電話の電話機を指さす。

次にポケットに手をやった。「ｉＰｈｏｎｅ。すごく古いの。でもまだ現役で使える。診てもらってる精神分析医からの連絡に備えて。ほかにも誰か連絡してくるかもしれないし。地下を貸してる人とか」

「ハンサムな間借り人」

「そう、ハンサムな間借り人」ワインをひと口飲んで、ジェーンのクイーンを取る。

「ちょっと、そんな殺生な」ジェーンはテーブルに落ちた灰の小さな塊を指ではじいて笑い転げた。


二ゲーム終えたあと、ジェーンから家のなかを案内してほしいと言われた。わたしはほんの少しだけためらった。この家の隅々まで見た最後の人物はデヴィッドで、その前は……いったいいつ、誰だったろう？　ビナは一階しか見たことがない。ドクター・フィールディングの行き先は図書室に限定されている。考えただけで、不釣り合いに親しげな行為と思えた。できたばかりの恋人の手を引いて寝室に向かうのに似ている。

それでも了承して、ひと部屋ずつ、ワンフロアずつ、案内して回った。レッド・ルーム――「血管に閉じこめられたみたい」。図書室――「すごい数の本！　これ全部読んだの？」わたしはかぶりを振った。「このなかの一冊でも読んだ？」わたしはくすくす笑った。

オリヴィアの部屋——「ちょっとせまくない？　せまいわ。子供って、イーサンの部屋みたいに大きな空間にいないと、大きくならないのよ」。わたしの書斎を見た感想は対照的だった。「すごーい！」ジェーンは歓声を上げた。「こんな部屋があったら、勉強も仕事もはかどりそう」

「わたしがここでするのは、チェスをやったり、引きこもりとおしゃべりしたりくらいだけどね。それも〝仕事がはかどる〟に数えてもらえるなら」

「見て」ジェーンはグラスを窓際に置き、両手を後ろポケットにすべりこませると、窓のほうに身を乗り出した。「あの家」自分の家を見つめ、ささやくような声でつぶやく。

ここまで、ジェーンはとにかく陽気だった。はしゃいでいると言っていいくらいだったのに、急に真顔になられると、レコード盤の上で針がすべったようにぎくりとさせられる。

「そうね、あの家」わたしは言った。

「すてきじゃない？　いい家よね」

「ほんとそうね」

ジェーンはそうやってしばらく外を見つめていた。そのあと、二人でキッチンに戻った。

さらにしばらくのち——

「あれ、使うことあるの？」ジェーンが訊く。わたしが次の手を考えているあいだ、ジェーンはリビングルームをうろうろしていた。夕陽はあっという間に沈もうとしている。淡い光のなか、黄色いセーター姿のジェーンは、わたしの家をふわふわとさまよう幻影のように見える。

ジェーンは奥の壁に酔っ払いみたいにもたれた傘を指さしていた。

「あるわよ。あなたが思ってる以上にしょっちゅう」わたしは答え、椅子の背に体を預けると、ドクター・フィールディングの裏庭セラピーの話をした。裏口のドアを出て階段を下りる、心もとないマーチ。そのあいだ、ナイロン地の頼りない盾を目の前にかざして無限の外界の攻撃を防ぐ。外気の透明さ、吹きつけてくる風から身を守る。

「変わったセラピーね」ジェーンが言う。

「というより滑稽よね」

「効果はあるの？」

わたしは肩をすくめる。「なくはない」

「そう」ジェーンは犬の頭をなでるみたいに傘の持ち手に触れた。「いい子ね」

「そうだ、誕生日っていつ？」

「何かプレゼントしてくれるの？」

「それ、期待しすぎだから」

「実はもうじきなの」わたしは言う。

「わたしもよ」

「十一月十一日」

ジェーンが目を丸くする。「わたしの誕生日も同じ」

「嘘よね」

「ほんとよ。イレブン・イレブン」

わたしはグラスを掲げた。「イレブン・イレブンに乾杯」

二人で乾杯した。


「ペンと紙、ある？」

わたしは抽斗から二つとも出してジェーンの前に置いた。「じっとしてて」ジェーンが言う。「決め顔を作って」わたしはまつげをぱちぱちさせた。

紙の上でペンをすばやく動かす。短くて思いきりのよい動き。わたしの顔が少しずつ浮かび上がってきた。深くくぼんだ目、丸みを帯びた頬、とがった顎。「受け口気味のところもちゃんと描いてね」わたしは言ったが、ジェーンはいいから黙っててと言った。

三分くらい、そうやってスケッチを続けた。その間《かん》ジェーンは二度、グラスに口をつけた。「じゃーん」ジェーンはそう言ってこちらに紙を向けた。

わたしはまじまじと見た。驚くほどよく特徴をとらえていた。「びっくり。すごい腕前ね」

「まあね」

「ほかの絵も描ける？」

「ほかの人の似顔絵ってこと？　訊かれるまでもなく、できるわよ」

「そうじゃなくて、動物とか。もの——静物とか」

「どうかな。基本的に人にしか興味がないから。あなたと一緒」大げさな身ぶりで、スケッチの隅にサインを書きつけた。「じゃじゃーん。ジェーン・ラッセルの署名入り原画」

上等のテーブルリネンを収納しているキッチンの抽斗にスケッチをしまった。そうでもしないと、きっと汚してしまう。

「こんなにあるわけ？」それは宝石のようにテーブルを埋め尽くしていた。「それは何に効くの？」

「どれ？」

「ピンク色の錠剤。八角形の。ううん、六角形《シクサゴン》ね」

「六角形《ヘキサゴン》」

「はいはい」

「インデラル。ベータ遮断薬」

ジェーンは目を細めてインデラルを見つめた。「狭心症か何かの薬じゃなかった？」

「パニック発作にも効くの。心拍数を低下させる効果がある」

「そっちのは？　小さな白い楕円形の錠剤」

「アリピプラゾール。非定型抗精神病薬」

「なんか強烈に効きそう」

「効きそうだし、実際に効くの。人にもよるけど。わたしの場合は上乗せで処方されてるだけ。気分を安定させてくれる。体重も増えちゃうけど」

ジェーンはうなずいた。「そっちは？」

「イミプラミン製剤。商品名トフラニール。抗鬱剤。夜尿症にも効く」

「あなた、おねしょするの？」

した。


「今日はするかもね」ワインをひと口。

「あれは？」

「テマゼパム。睡眠導入薬。それはまたあとで」

ジェーンはうなずいた。「このなかに、お酒でのむことになってる薬ってあるわけ？」

わたしは口に含んだワインを飲みこんでから答えた。「ないわ」

錠剤が喉を落ちていったあとになって、今日の分はもう朝のうちにのんだことを思い出した。

ジェーンは首をのけぞらせた。口から煙が噴水のようにあふれ出す。「チェックメートって言わないでよ」そう言って含み笑いをする。「三連敗なんて、プライドが傷ついちゃう。忘れないでよね、チェスなんて何年もやってなかったんだから」

「それはプレイのまずさを見ればわかる」わたしは言った。ジェーンは鼻を鳴らし、口を開けて笑った。歯に詰めた銀がきらりと光った。

わたしは捕虜たちに目を走らせた。ルーク両方、ビショップ両方。ポーンはたくさん。鎖でつながれた囚人みたいだ。ジェーンのほうは、ポーン一つとナイトの片割れだけだ。自分の手駒をわたしが見ていることに気づいて、ジェーンはナイトを横に倒した。「馬が負傷。獣医を頼む」

「わたし、馬が大好きなんだけど」わたしは言った。

「あら見て。奇跡の回復」ジェーンはナイトを起こすと、大理石のたてがみを優しくなでた。

わたしは微笑み、グラスに残っていた赤ワインを飲み干した。ジェーンがまたおかわりを注ぐ。わたしはジェーンを見つめた。「そのイヤリング、すてきね」

ジェーンはイヤリングの片方を指でもてあそび、次にもう一方をいじった。そのたびに小さな真珠が揺れて小さな音が鳴った。「昔のボーイフレンドからのプレゼント」

「着けててもアリステアは何も言わない？」

ジェーンは少し考えてから笑った。「アリステアは知らないと思う」ライターのフリックホイールを親指で回し、煙草に近づけて火を移す。

「着けてることを？　それとも誰からもらったか？」

ジェーンは煙を吸いこみ、唇の片側から横に向けて吐き出した。「両方。どっちも知らない。ちょっと面倒な人なのよ」煙草をボウルの縁に当ててとんとんと叩く。「誤解しないで──善良な人だし、りっぱな父親でもある。でも、高圧的なところがあって」

「どうして？」

「ドクター・フォックス、わたしの精神分析でもしてるつもり?」ジェーンは訊いた。軽い口調だったけれど、視線は冷ややかだった。

「まさか。あなたのご主人を分析してるのよ」

ジェーンはまた煙を吸い、眉根を寄せた。「昔からああなのよ。疑い深いし。少なくともわたしのことはすぐに疑う」

「それはどうして?」

「それは、昔は不良娘だったから」ジェーンは答えた。「ふしだらな女。それね。彼に――アリステアに言わせると、そういうこと。よくない友達とつきあって、よくない選択ばかり繰り返した」

「アリステアと会って、変わった?」

「いいえ、すぐには。過去を清算するのにしばらくかかった」言うほど長い時間がかかったとは思えない。だって、見た目の年齢から計算すると、出産したのはおそらく二十代の初めだろうから。

ジェーンは首を振っていた。「しばらくほかの人とつきあってたのよ」

「誰だったの?」

顔をしかめる。「だった――過去形は正しいわ。わざわざ説明するほどの男じゃない。

誰だって間違いはするものだし」

　わたしは黙っていた。

「ともかく、その関係は終わったの。でも家族との関係はいまも」――手を軽く上げ、弦を爪弾くようなしぐさをした――「一筋縄ではいかない。それよ」

「的確な表現《ル・モ・ジュスト》」

「フランス語のレッスン、伊達じゃないのね」ジェーンは歯を見せて笑い、煙草の先をちょっと持ち上げた。

　わたしは食い下がった。「家族との関係のどんなところが一筋縄ではいかないの」

　ジェーンは煙を吐き出した。煙はきれいな輪になって空中を漂った。

「もう一回」思わずそうせがんだ。ジェーンがまた煙の輪を吐く。わたしはすっかり酔っているようだ。

「そうね」――ジェーンは咳払いをした――「理由は一つじゃない。いろいろ込み入ってるの。アリステアは一筋縄ではいかない人だし、家族も一筋縄ではいかない」

「でもイーサンはいい子よね。大勢の子供と接してきた人間が言うんだから間違いないわよ」

　ジェーンはわたしの目をまっすぐに見た。「そう言ってもらえるとうれしいわ。わたしもあの子はいい子だと思ってる」またボウルの縁で叩いて煙草の灰を落とす。「あなただってご家族が恋しいでしょう」

「ええ。ものすごく。でも毎日話をしてるから」

ジェーンはうなずいた。目の焦点が微妙に合っていない。きっとジェーンも酔っているのだろう。「でも、毎日話してたって、一緒に暮らすのとは違うわよね」

「そうね、もちろん違うわ」

ジェーンはまたしても首を縦に振った。「ところで、アナ。どうしてこんなことになったのか、無理に聞き出そうとは思わないけど」

「どうしてこんなに太っちゃったのか？」わたしははぐらかす。「どうして年齢の割に白髪が多いのか？」どうやら本当に酔っ払っている。

ジェーンはワインを飲む。「広場恐怖症のこと」

「そうね……」ジェーンから個人的な話を打ち明けられたわけだし、こちらも話すべきかもしれない。「トラウマ。ありがちな話でしょ」わたしはもぞもぞと体を動かした。「それで鬱になって。重度の鬱。そのころのことは思い出したくもない」

ジェーンはうなずいた。「いいの、無理に話そうとしないで――わたしに話す義理もないし。あなたがパーティを開いて大勢を招待するってこともなさそうよね。ほかにも趣味を持ったほうがいいんじゃない？　チェスとモノクロ映画のほかにも」

「その二つとスパイごっこのほかに」

「そう、その二つとスパイごっこのほかに」

わたしは思案した。「前は写真を撮ってた」

「いまも撮ってるわよね」

わたしは自嘲気味に笑った。「たしかに。以前は外で写真を撮ってたのよ。楽しかった」

「〈ヒューマンズ・オブ・ニューヨーク〉みたいなストリートスナップ？」

「というより、自然写真」

「ニューヨークの街で？」

「ニューイングランドで。よく家族で旅行したから」

ジェーンは首を巡らせて窓のほうを向いた。「あれ見て」西を指さす。わたしもそちらを見た。熟しすぎたオレンジのような夕陽、ほんの少し暗くなり始めた空、逆光で切り絵のようになった建物。鳥が一羽、近くを旋回していた。「あれだって自然よね」

「そうとも言える。一部はね。でもわたしが言う自然というのは――」

「世界は美しい場所よ」きっぱりとした口調だった。顔は真剣だった。まっすぐな目、淡々とした声。わたしの視線をとらえ、じっと見つめた。「それを忘れちゃだめ」背もたれに体を預け、ボウルの底で煙草をもみ消す。「忘れて見ないなんてもったいない」

わたしはポケットから電話を取り出し、窓に向けると、写真を撮った。それからジェーンを見た。

「でかした」ジェーンが低くうなるような声で言った。

19

六時を回ったころ、ジェーンを玄関ホールで見送った。「ものすごく大事な用があるのよ」ジェーンが言った。

「右に同じ」わたしは応じた。

二時間半。誰でもいい、誰かと、二時間半も続けて話をしたのはいつ以来だろう。釣り糸をたぐるように記憶をたぐり寄せる。数カ月分。数季節分。何も引っかかってこない。

誰とも一度も長話をしていない。たぶん、ドクター・フィールディングの初回の診察以来で、しかもそれは冬のさなかの話だ。そのときでもこれほど長時間は話せなかった。痛めた喉が治りきっていなかった。

若返った気分だった。少女のようなくすくす笑いが出てしまう。ワインのせいかもしれないが、そうではないという気がする。親愛なる日記さん、今日、新しいお友達ができました。


その夜、『レベッカ』を見ながらうとうとしていると、玄関のブザーが鳴った。毛布を剝ぎ、のろのろとドアに向かう。「どうして出ていかないのです?」背後から、ダンヴァース夫人役のジュディス・アンダーソンの嘲《あざけ》るような声が追いかけてくる。「マンダレイから出ていったらいかがです?」

インターフォンのモニターを確かめる。背の高い男性が映っていた。肩幅が広く、腰は細く、V字形の生え際はだいぶ後退している。一瞬、誰だかぴんとこなかった。いつもカラーでしか見たことがないからだ。一瞬考えて、わかった。アリステア・ラッセルだ。

「いったい何の用かしら」わたしは言った。頭のなかで考えただけかもしれない。たぶん本当に声に出したと思う。やれやれ、まだ酔っ払っている。薬をのんだのもいけなかった。

オートロックの解除ボタンを押す。ラッチがはずれる音、ドアが開く重たい音。わたしはドアが閉まるのを待つ。

手前のドアを開けると、玄関ホールにアリステアがいた。薄明かりのなか、青白い光を放っている。微笑んでいた。口もとから健康的な歯茎と健康的な歯がのぞく。涼しげな目の周りをカラスの足跡が縁取っていた。

「アリステア・ラッセルと言います。二〇七番地の者です。公園の向こうの」

「どうぞお入りください」わたしは手を差し出した。「アナ・フォックスです」

アリステアは手を振って握手を断った。その場から動こうとしない。

「いや、突然来てご迷惑でしょうし——何かのお邪魔をしてしまったようで、申し訳ない。映画鑑賞ですか」

わたしはうなずいた。

アリステアはまた笑顔を作った。クリスマス時季の店先みたいにまばゆい笑み。「一つだけ教えてください。今日の夕方、誰かこちらに来ませんでしたか」

わたしは眉を寄せた。答える前に、テレビから大きな破裂音が響いた。難破船発見を告げる花火のシーンだ。「難破船！」沿岸定期船から叫ぶ声がする。「みな浜へ急げ、救助だ！」混乱と騒ぎ。

わたしはソファに戻り、映画の再生を一時停止した。向き直ると、アリステアは玄関ホールからリビングルームに一歩入ってきていた。白い光に照らされて、こけた頬に影が落ち、まるで死体のように見える。背後の壁に大きく開いたドアは、奥深い洞窟の入口のようだ。

「そこ、閉めていただけますか」わたしは頼んだ。アリステアがドアを閉める。「どうも」わたしは言った。言葉が舌の上でよろけた。呂律《ろれつ》が回っていない。

「お邪魔でしたね」

「いえいえ、お気遣いなく。何か飲みますか」

「いや、けっこうです」

「お水をお出ししようと思ったんだけど」わたしは誤解を解く。

アリステアは礼儀正しく首を振った。「今日の夕方、誰かこちらに来ませんでしたか」

同じ質問を繰り返す。

なるほど、ジェーンが言っていたとおりらしい。ただ、高圧的なタイプには見えない。鋭い目と薄い唇というイメージとは違う。ごま塩の顎《あご》ひげや急速に後退しているらしい額の生え際を見ると、やや盛りを過ぎたライオンといった風だ。アリステアとエドは馬が合いそうだと思った。子供みたいにじゃれ合い、ウィスキーをぐいぐい空け、武勇伝を披露し合う。ただ、人は見かけではわからない。

そもそも、うちに誰か来たかどうかなんて、この人には関係ない。それでも守勢に回りたくはなかった。「今夜はずっと一人きりでいましたけど」わたしは答えた。「映画のマラソン鑑賞中だから」

「それは？」

「『レベッカ』です。お気に入りの一つなの。もしかしてあなたも――」

そこで気がついた。アリステアは濃い色の眉を寄せてわたしの真後ろを凝視している。わたしは振り返った。

チェスセット。

グラスはみんな食洗機に並べ、シリアルボウルは流しでこすり洗いをしておいたが、チェス盤はそのままになっていた。戦を生き延びた駒と討ち死にした駒が入り乱れ、ジェーンの敗れたキングは倒れ伏している。

アリステアに向き直った。

「ああ、それ。部屋を貸している人が、チェス好きで」わたしは説明した。何気ない口ぶりで。

アリステアはわたしを見つめた。疑わしそうに目を細めている。でも、彼が何を考えているのかは読み取れない。ふだんならたやすいことだ。十六年ものあいだ、他人の頭のなかで生きてきたようなものだから。腕がなまっているのかもしれない。お酒のせいかも。それに薬ものんでいる。

「あなたはチェスは?」

アリステアはすぐには答えなかった。「久しくやっていませんね。この家にいるのは、あなたと、部屋を貸している人だけですか」

「いいえ、家族――ええ。夫とは離れて暮らしていて。娘は夫のほうにいます」

「そうですか」アリステアはもう一度だけチェスセットに視線を投げ、テレビを一瞥した。それから玄関のほうに引き返した。「お時間を頂戴してすみませんでした。お邪魔しました」

「いえいえ」わたしは言った。アリステアは玄関ホールに出た。「奥さんにキャンドルのお礼を伝えてください」

アリステアは勢いよく振り返ってわたしを見た。

「イーサンが届けてくれたの」

「それはいつの話です?」アリステアが訊く。

「二、三日前。日曜日です」待って――今日は何曜日だろう。「土曜日だったかも」細かい人だ。いつだったかなんて、いちいち知りたがる理由がわからない。「何か気になるこせたあと、無言で出ていった。


とでも？」

　アリステアは口を開いたまま動きを止めた。それから一瞬だけうつろな笑みを作ってみせたあと、無言で出ていった。


　ベッドに倒れこむ前に、窓から二〇七番地の様子をうかがった。ラッセル一家が見えた。リビングルームに三人ともそろっている。ジェーンとイーサンはラブシートに座り、アリステアは向かい合わせに置いた肘掛け椅子から何やら熱を帯びた様子で話している。〝善良な人だし、りっぱな父親でもある〟

　家族の本当の姿は、他人には見えない。わたしは大学院時代にそのことを学んだ。「長年治療をしてきた患者に驚かされることがある」初めて会った日、ウェスリーはそう言った。彼の指は煙草の脂《やに》で黄色っぽくなっていた。

「どんな風に？」わたしは訊いた。

　ウェスリーはデスクの奥の椅子に腰を落ち着け、髪をかき上げた。「この仕事をしていると、誰かの秘密や不安や希望を知ることになる。しかしそういったものは、また別の誰か、一つ屋根の下で暮らしている誰かの秘密や不安と不可分だということを忘れてはいけない。幸福な家族は似通っているという名句は耳にしたことがあるだろう」

「『戦争と平和』ですね」

「『アンナ・カレーニナ』だ。だが、出典はどうだっていい。肝心なのは、間違っているということだよ。幸福であろうが不幸であろうが、似通った家族など一つとして存在しない。トルストイの言うことは嘘っぱちだ。そのことを覚えておきなさい」

わたしはそのことをしっかり思い出しながらフォーカスリングをゆっくりと回し、構図を決める。家族のポートレート。

しかし、シャッターは切らずにカメラを下ろした。

11月3日　水曜日

20

目が覚めたときもまだ、ウェスリーのイメージが脳裏にこびりついていた。

それとも一つ、あれだけ飲めば当然と言うべき二日酔いもあった。霧をかき分けるようにして階段を下り、書斎に入ろうとしたところで、急遽バスルームに行き先を変更し、トイレで吐いた。滝のようなゲロが出た。

すでに何度も立証されていることではあるけれど、わたしのゲロの精度はきわめて高い。プロになれるとエドは言う。トイレの水を一度流すだけですむ。口をすすぎ、頬を軽く叩いて気分がしゃっきりしたところで、書斎に戻った。

公園の向こうを見る。ラッセル家の窓に人影はなく、部屋はどれも薄暗かった。わたしは家を見つめる。家が見つめ返してくる。誰もいないとさみしい。

南に視線を転じる。おんぼろのタクシーがのろのろと通り過ぎ、その後ろを片手にコーヒーのカップ、もう一方にゴールデンドゥードル犬をつないだリードを持った女性がきびきびと歩いていく。わたしは携帯電話の画面で時刻を確かめた。十時二十八分。こんなに早く目が覚めたのはどうして？

ああ、そうか。テマゼパムをのむのを忘れたからだ。もっと言えば、思い出す間もなくベッドに倒れこんだからだ。あれをのむと死んだように眠る。大きな岩にのしかかられたみたいに動けない。

昨日の夜のできごとが脳味噌の奥で渦を巻き始めた。ストロボライトのように断片が閃《ひらめ》く。『見知らぬ乗客』のメリーゴーラウンドみたいだ。あれは現実に起きたことなの？

もちろん起きた。ジェーンが持ってきたワインを開けた。ヨットの話をした。チョコレートを食べた。家族の話をした。わたしはテーブルに薬を並べた。そのあとまたワインを飲んだ。順序は違うかもしれないけれど。

ワインを三本——四本だった？　四本だったとしても、わたしはもっと飲んでも平気だし、現にもっと飲んだことがある。「薬か」刑事が〝犯人はあいつだ！〟と叫ぶように、わたしは言った。薬の量だ。昨日は処方量の倍をのんでしまったことを思い出した。きっとそのせいだ。〝ねえ、卒倒したりしないでよ〟わたしがたくさんの薬をのみ、残っていたワインをチェーサーのごとく喉に流しこむのを見て、ジェーンはおかしそうに笑った。

頭がぐらぐら揺れ、両手は震えている。机の抽斗の奥に、鎮痛剤アドヴィルのトラベルサイズのパッケージが隠れているのを見つけ、三カプセルのみくだした。使用期限は九カ月前に過ぎている。九カ月もあれば妊娠して出産まですんでしまう。人ひとりをこの世に送り出せる。

念のため、もう一カプセルのんでおく。

そのあと……そのあと何が起きたんだった？　ああ、そうだ、そのあとアリステアが訪ねてきて、奥さんが来なかったかと訊かれた。

窓の向こうで動くものがあった。わたしは顔を上げた。ドクター・ミラーが出勤するところだった。「また三時十五分にね」わたしはつぶやく。「遅れないこと」

時間に遅れないこと——それがウェスリーの黄金律だった。「患者にとって、カウンセリングの五十分間がその週のもっとも重要な時間という場合もある」ウェスリーはよくそんな風に言った。「だから、どんなことがあろうと、遅刻だけは絶対にするな」

ウェスリー・ブリリアント。最後に近況チェックしたのは三カ月前だ。わたしはマウスを動かしてグーグルの検索画面を呼び出した。キーワード入力エリアでカーソルが脈打っている。

　ウェスリーはいまも大学の准教授を務めていた。いまも『タイムズ』やさまざまな専門誌に寄稿している。そしてもちろん、いまも診療を続けていた。ただ、この夏、クリニックをヨークヴィルに移転した。移転といっても、運ぶものはウェスリーと受付係のフィービー、それにスクエアのクレジットカードリーダーくらいのものだ。ああ、それにあのイームズのラウンジチェアも。ウェスリーはあの椅子を愛している。

　彼が愛しているものは、あのイームズのラウンジチェアくらいしかない。ウェスリーは一度も結婚していなかった。愛を注ぐ対象は、大学の准教授たる地位と、患者である子供たちだけだ。「気の毒なドクター・ブリルなどと憐れんだりするなよ、フォックス」ウェスリーは言った。そのときの記憶はいまも鮮明だ。セントラル・パーク、クエスチョンマーク形の首をした白鳥の群れ、透かし模様のような枝を広げたニレの木立。共同経営者として自分のクリニックで働かないかと誘われた直後のことだった。「わたしの人生は充実しすぎている。だからきみが――きみのような人が必要なのだ。二人がかりでも救いきれない数の子供が助けを待っている」

　ウェスリーは、いつものように、正しかった。

　グーグル検索の〈画像〉タブをクリックする。キーワードに合致した写真がずらりと表示された。最近の写真、実物以上によく撮れている写真はない。「わたしは写真写りが悪い」いつだったか、ウェスリーは自分の写真を見ながら言った。とくに不満げな声でもなかった。葉巻の煙が頭上で渦を巻き、彼の爪は脂で汚れ、割れていた。

「たしかに」わたしは同意した。

するとウェスリーは、ごわごわした眉を片方上げて言った。「次の文章は正しいか、マルかバツかで答えよ——きみはご主人に対しても同じように手厳しい」

「厳密にはマルではありません」

ウェスリーは鼻を鳴らした。「〝厳密には正しくない〟ものごとなどは存在しない。ものごとは正しいか、間違っているか、二つに一つだ。事実か、事実ではないか、それだけだ」

「それについては花マルです」わたしは答えた。

21

「だーれだ」エドが言った。

わたしは椅子の上で身動きをした。「人のせりふを盗《と》らないで」

「ひどい声だな、スラッガー」

「ひどい声だし、ひどい気分よ」

「具合が悪いのか」

「悪かった」わたしは答えた。ゆうべのことは黙っていたほうが得策だとわかっていても、わたしは意志が弱い。それにエドに隠し事はしたくない。立場を考えれば当然だ。

エドは気に入らない様子だ。「そういうことはよくないよ、アナ。薬をのんでいるんだから」

「わかってる」やっぱり黙っていればよかった。

「まじめに言ってるんだぞ」

「わかってるってば」

次に聞こえたエドの声は、穏やかだった。「このところ客が多いな。刺激が多いってことだ」短い間があった。「公園の向こうに越してきた一家——」

「ラッセル家ね」

「——とは、しばらく距離を置いたほうがいいんじゃないか」

「わたしが外で気絶したりしないかぎり、向こうからは関わってこないと思うけど」

「詮索する理由は向こうにはないだろう」きみが彼らを詮索する理由もないがな——エドの心の声が聞こえてきた。

「ドクター・フィールディングは何て？」エドが訊いた。

エドは途方に暮れると決まってドクターの話題を持ち出す。「ラッセル家との関係より、あなたとの関係のほうが要注意だと思ってるみたい」

「ぼくとの関係？」

「あなたとオリヴィアの両方」

「なるほど」

「あなたが恋しいわ、エド」

そんなことを言うつもりはなかったのに。だいたい、自分がそう思っているなんて、いまのいままで気づいていなかった。心の奥底で考えていたことがそのまま口に出てしまった。「ごめんなさい。いまのは無意識《イド》の声」わたしは弁解した。

エドはしばし黙っていた。

やがて——「そうか。これはエドの声だけどな」

懐かしい。エドのつまらないだじゃれ。エドはよく、わたしは〝精神分析医《サイコアナリスト》〟に自分の名前を埋めこんでいると言った——サイコアナリスト。「最悪」わたしが吐くような真似をすると、エドは「実は気に入ってるくせに」と言う。たしかに、気に入っていた。

エドはまた黙りこんだ。

それから——

「ぼくのどこが恋しい？」

不意打ちを食らった気がした。「そうね……」考えなくても適当な言葉が出てくることを祈りながら、まずはそう言った。

次の瞬間、奔流のようにあふれ出した。排水管から噴き出す水、決壊したダム。「あなたのボウリングをする姿が恋しい」わたしは言った。その間の抜けた言葉が最初に出てきたからだ。「もやい結びがきちんとできないところも。剃刀《かみそり》負けした頬も。その眉毛も」

話をしながら、気づくと階段を上っていた。踊り場を通って寝室に入る。「あなたの靴。朝一番にコーヒーを頼む声。わたしのマスカラを塗って出かけたら、じろじろ見られたこと。よりによってわたしに裁縫仕事を頼もうとしたときのこと。レストランのウェイターにいつもとても礼儀正しく接すること」

わたしはベッドに入る。わたしたちのベッドに。「あなたが作る卵料理」エドが作ると、目玉焼きなのに、なぜかスクランブルエッグみたいになる。「寝る前にお話を聞かせてくれるところ」ヒロインはプリンスの結婚の申し込みをはねつけ、代わりに大学院に行って博士号取得を目指す。「ニコラス・ケイジの物真似」ケイジが『ウィッカーマン』に出演したあとは、エドの物真似は絶叫調でいっそうやかましくなった。「誤解《ミスリード》させるの過去形はミスレッドと発音するのに、あなたはずっとミズルドだと思ってたこと」

「誤解を招きやすい言葉だ。ぼくはずっと誤解《ミズルド》していた」

わたしは笑った。湿ったような自分の笑い声を聞いて、泣いていることに初めて気づいた。「あなたのくだらなくてつまらないジョークも。板チョコレートをいちいち割って食べることも。そのままかじればいいのに、くそいまいましい」

「言葉づかいに注意しろ」

「ごめんなさい」

「割って食べたほうがうまいんだよ」

「あなたの胸が恋しい」わたしは言った。

沈黙があった。

「あなたが恋しくてたまらない」

また沈黙があった。

「愛してるの。苦しいくらいに」震える息を吸いこむ。「二人とも」

ここにパターンはない。あるとしても、わたしには見えない。職業柄、パターンを識別することに長けているはずなのに。ただ悲しいだけだ。エドに会いたい。彼を愛している。二人を愛している。

長く深い沈黙があった。わたしは息を吸い、吐く。

「だけど、アナ」エドが穏やかに言った。「もし――」

下の階で物音がした。

それきり聞こえない。かすかな地鳴りのような音がしているだけだ。家の軋む音かもしれない。

「待って」わたしはエドに言った。

まもなくもっとはっきりと聞こえた。乾いた咳、低いうなり声。

キッチンに誰かいる。

「悪いけど、これで」わたしはエドに言った。

「どう――」

そのときにはもう、足音を忍ばせてドアに向かっていた。片手に握り締めた電話の画面にそっと指を走らせ――9・1・1――親指を〈発信〉ボタンの上で待機させる。最後にこの番号にかけたときのことを思い出す。発信したのは、発信しようとしたのは、一度だけではなかった。今回は誰かにつながるだろう。

階段を下りる。忍び足で。片手を手すりにすべらせながら。暗くて見えない段を爪先で確かめながら。

角を曲がる。光が斜めに階段室に射しこむ。静かにキッチンに入る。電話を握る手が震えた。

食洗機のそばに男がいた。こちらに背を向けている。

男が振り返る。わたしは〈発信〉ボタンをタップした。

22

「どうも」デヴィッドが言った。

まったく、脅かさないでよ。わたしは息を吐き出し、急いで発信をキャンセルした。電話をポケットにしまう。

「すみません」デヴィッドが続けた。「三十分くらい前にブザーを鳴らしたけど、寝てるのかなと思って」

「ちょうどシャワーを浴びてたかも」わたしは言った。

デヴィッドは何も言わない。気を遣っているのだろう。わたしの髪は湿ってさえいないのだから。「それで、内階段で上がってきた。迷惑じゃなければいいけど」

「もちろんかまわないわ」わたしは答えた。「いつでも来てくれてかまわないんだから」

流しに立ってグラスに水を汲んだ。神経がすり切れかけている。「わたしに何か用だった？」

「エグザクトがあったら借りたくて」

「エグザクト？」

「エグザクト・ナイフ」

「ああ、カッターナイフね」

「そう」

「そう《エグザクトリー》」わたしは言った。やれやれ、わたしはどうしてしまったのだろう。

「流しの下は見た」ありがたいことに、デヴィッドはだじゃれを聞き流した。「そこの電話のそばの抽斗も。ところで、電話のプラグがはずれてる。通じてないみたいだ」

固定電話を最後に使ったのがいつのことだったか、それさえ思い出せない。「そうね、通じてない」

「つないでおいたほうが無難じゃないかな」

必要ないわと心のなかで答えた。

階段のほうに取って返しながら言った。「カッターナイフなら上の納戸にある」このときにはもう、デヴィッドはわたしのあとをついてきていた。

踊り場で向きを変え、納戸のドアを開けた。なかは燃え尽きたマッチみたいに真っ黒だ。裸電球の脇に垂れた紐を引く。斜め天井の奥行きが深い空間で、奥の壁際にビーチチェアがだらしなくもたれ、床にペンキの缶がいくつも置いてある。そしてあろうことか、田舎娘や貴族やいたずら小僧がプリントされたトワルドジュイの壁紙が貼られている。エドの工具箱は新品のまま棚に鎮座していた。「ぼくは手先が器用じゃない」エドはよくそんな風に言う。「この体があれば、手先まで器用な必要がないからかな」

わたしは工具箱を開けてなかを探った。

「それ」デヴィッドが指さす。銀色のプラスチックの鞘《さや》の片側から、刃がのぞいていた。

わたしはそれを取った。「気をつけて」

「あなたを傷つけたりしないわ」わたしは刃を手前にしてゆっくりとデヴィッドに差し出した。

「心配なのは、あなたが怪我しないかってことのほうで」デヴィッドが言った。

心の奥で歓喜の小さな炎がぱっと閃いた。「これ、何に使うの？」電球の紐を引っ張ると、納戸にふたたび夜が訪れた。デヴィッドは動かない。

ふいに痛烈に意識した。彼とわたしは真っ暗闇に二人きりでいる。わたしはローブ姿で、デヴィッドは刃物を持っている。デヴィッドにこれほど接近するのは初めてだ。彼がその気になればキスできる。その気になれば、殺すこともできる。

「となりの住人から仕事を頼まれた。箱を開けたり、荷物を片づけたり」

「どの家の人？」

「公園の向こうの家。ラッセル家」デヴィッドは納戸を出て階段を下り始めた。

「どうしてあなたを知ってるの？」わたしは後ろから階段を下りながら尋ねた。

「おれが近所に貼ったチラシで。そこのカフェかどこかで見たらしい」デヴィッドは振り返ってわたしを見た。「知り合い？」

「いいえ」わたしは答える。「昨日ちらっと来たけど。それだけ」

わたしたちはキッチンに戻った。「引っ越しの荷物を解いたり、地下室の家具を組み立てたりを頼まれてる。夕方までに戻る」

「あの家なら留守だと思うけど」

デヴィッドがいぶかしげに目を細めた。「どうしてわかる？」

あの家をスパイしてるから。「人の気配がないみたいだから」わたしがキッチンの窓から指さしたちょうどそのとき、二〇七番地のリビングルームに明かりがともった。アリステアがいた。電話を頬と肩で支えている。髪はいかにも起き抜けといった風に乱れていた。「あの人だ」デヴィッドは玄関に出るドアに向かった。「あとでまた寄るよ。カッターナイフをどうも」

23

エドとの話に戻ろうとした。〝だーれだ〟と言うつもりだった。今度はわたしの番だから。ところがデヴィッドが出ていくなり、今度は玄関ホールのドアをノックする音が響いた。忘れ物だろうか。

玄関の前に立っていたのは女性だった。きらきら輝く目、しなやかな体。ビナだ。わたしは携帯電話で時刻を確かめた。正午きっかり。きっかり《エグザクトリー》。ああ、もう、やめなさいってば。

「デヴィッドに入れてもらった」ビナが言った。「彼、会うたびにハンサムになってる気がするんだけど。限界ってものはないの？」

「自分から行動を起こしてみたら？」わたしは言った。

「つまんないこと言ってる暇があるなら、エクササイズの準備でもしなよ。ちゃんとした服に着替えなさいって」

わたしは着替え、広げたマットの上に寝そべった。リビングルームの床で、エクササイズが始まる。ビナと初めて会ってから十カ月近くたつ。つまり、脊髄と喉を痛めたわたしが退院して十カ月近くたつということだ。その十カ月のあいだに、ビナとすっかり打ち解けた。ドクター・フィールディングの言うように、友達に勘定していいかもしれない。

「今日は暑いくらいだよ」ビナはわたしの腰に体重をかけて言った。わたしの肘がふるふると震える。「窓を開けなよ」

「窓は開けない」わたしはうめく。

「せっかくの天気なのにもったいない」

「もったいないって言いだしたらきりがない」

一時間後、汗でTシャツを肌にへばりつかせたわたしを立ち上がらせて、ビナは言った。

「傘のトリック、試すならつきあうけど」

わたしは首を振った。髪がうなじに張りつく。「今日はやめておく。それに、あれは〝トリック〟じゃないから」

「今日は絶好の天気なのに。暑すぎず寒すぎず」

「やめておく。だって……とにかくやめておく」

「二日酔いだから」

「それもある」

小さなため息。「今週のカウンセリングのとき、ドクター・フィールディングと試してみた？」

「ええ」わたしは嘘をついた。

「どうだった？」

「うまくいった」

「どこまで出られた？」

「十三歩」

ビナはわたしの顔をしげしげと見た。「ふうん。お年寄りにしては上出来かな」

「もうじきまた年を取るのよ」

「へえ、誕生日ってこと？」

ながら言った。「さて、お昼にしようよ」

「そろそろ高齢者割引を適用しなきゃいけないね」ビナは使ったウェイトをケースに戻し

「来週ね。十一日。イレブン・イレブン」

もともとわたしは料理をほとんどしない。うちのシェフはエドだった。最近はフレッシュ・ダイレクトが食べるものを玄関先まで届けてくれる。冷凍ディナー、電子レンジ調理食品、アイスクリーム、（大量の）ワイン。加えて、ビナが好む低脂肪のタンパク質食品や果物も届けてもらっている。わたしの体のためにもなるからとビナは言う。

昼食の時間はビナの報酬外だ。ビナはわたしとのおしゃべりを仕事抜きで楽しみにしているらしい。「この時間分も支払ったほうがいい？」一度、本人に確かめたことがある。

「料理してくれるだけで充分」ビナは答えた。

わたしは黒焦げのチキンをビナの皿に取り分けた。「料理ってこれのこと？」

今日はメロンの蜂蜜添えと、ドライベーコン数切れだ。「保存料無添加？」ビナが訊く。

「無添加」

「ありがとう」ビナはメロンをスプーンですくって口に運び、唇についた蜂蜜を拭った。

「ミツバチってさ、巣から十キロも離れたところまで花粉を探しにいくんだって。この前読んだ記事に書いてあった」

「何に載ってた記事？」

「『エコノミスト』」

「あーらすごい。『エコノミスト』を読んでいらっしゃるなんて」

「ミツバチ、尊敬しちゃうよね」

「劣等感で落ちこむ。わたしは家から出ることさえできないんだもの」

「あのね、あなたを想定して書かれた記事じゃないから」

「まあそうね」

「ダンスもするんだよ。名前もあって――」

「尻振りダンス」

ビナはドライベーコンを二つに折った。「なんで知ってるの」

「オックスフォードにいたとき、ピットリヴァーズ博物館でミツバチ展をやってたから。ピットリヴァーズというのは、自然史博物館」

「あーらすごい。オックスフォード大学に通っていらしたなんて」

「尻振りダンスはとくに印象に残ったの。真似をさせられたから。みんなでよろよろもぞもぞしただけだけど。わたしのエクササイズに似てるわね」

「そのときも酔ってた？」

「しらふではなかった」

「その記事を読んで以来、ミツバチの夢ばかり見るんだよね」ビナが言った。「何か意味があるんだと思う？」

「わたしはフロイト派じゃないから。夢判断はしない」

「もし分析するとしたら」

「分析するとしたら、夢に現れるミツバチは、自分の夢を分析しろってわたしに言うのをやめたいっていう、あなた自身の差し迫った欲求を象徴してるんだと思う」

ビナは黙って咀嚼した。「次回のエクササイズはもっと厳しくしよう」

しばらく無言で食事を続けた。

「今日、薬はのんだ？」

「のんだ」本当はのんでいない。ビナが帰ってからのむとしよう。

まもなく、パイプを水が流れる音が伝わってきた。ビナが階段のほうを振り返る。「トイレの水を流す音？」

「そうよ」

「ほかに誰かいるの？」

わたしは首を振り、口のなかのものを飲みくだした。「デヴィッドの部屋にお友達が来てるみたい」

「ふしだらな女」

「デヴィッドは純真な天使じゃないのよ」

「どこの誰だか知ってる?」

「ぜんぜん。妬《や》いてるの?」

「まさか」

「デヴィッドと尻振りダンスしたいんでしょ」

ビナはベーコンのかけらを投げつけてきた。「来週の水曜日、いつもの時間にほかの予約が入っちゃったの。先週もそうだったけど」

「妹さんね」

「そう。味をしめたみたい。木曜日でもいい?」

「かまわないわよ」

「よかった」ビナは顎を動かしながら水のグラスをぐるぐると揺らした。「疲れてるみたいだけど、アナ、ちゃんと眠れてる?」

わたしは首を縦に振り、次に横に振った。「あんまり。このところ——眠れてないわけじゃないんだけど、いろいろ考えることが多くて。けっこうつらいのよ。この……これって」わたしは室内に向けて曖昧に腕を広げた。

「つらいだろうね。つらいはずだよ」

「エクササイズもつらいしね」

「ちゃんとやれてるよ。ほんとに」

「カウンセリングもつらい。自分が患者になると、つらいわ」

「気持ちはわかる」

わたしは呼吸を繰り返す。パニックを起こしたくない。

最後にもう一つ。「リヴィやエドに会いたくてたまらない」

ビナはフォークを置いた。「そうだよね」ビナの笑みはとても温かくて、わたしは泣きそうになる。

24

GrannyLizzie：こんにちは、ドクター・アナ！

電子音が鳴って、デスクトップパソコンの画面にメッセージが表示された。わたしはグラスを脇に置き、チェスのゲームを一時停止した。ビナが帰ったあと始めて、三連勝中だった。今日はお祝いだ。

thedoctorisin：こんにちは、リジー！　その後調子はいかが？
GrannyLizzie：少し楽になった気がしますよ。お気遣いありがとう。
thedoctorisin：安心しました。
GrannyLizzie：あれからリチャードの衣類を教会に寄付したの。
thedoctorisin：きっと喜ばれたでしょう。
GrannyLizzie：ええ。リチャードも喜んでいると思うわ。
GrannyLizzie：三年生のクラスの子供たちがね、大きなお見舞いのカードを作ってくれたのよ。本当に大きいの。きらきら光る飾りやふわふわの綿だらけ。
thedoctorisin：優しい子たちですね。
GrannyLizzie：正直に採点したら、C＋といったところ。でも、大事なのは気持ちだものね。

わたしは笑った。〝LOL〟（laughing out loud＝「大笑い」を略したネットスラング）と入力したが、すぐに削除した。

thedoctorisin：わたしも子供相手の仕事をしていました。
GrannyLizzie：そうなの？
thedoctorisin：児童心理学が専門なの。
GrannyLizzie：教師の仕事も精神分析みたいだと思うことがあるわ……

わたしはまた笑った。

GrannyLizzie：いけない、いけない！　あやうく忘れるところだった！
GrannyLizzie：今朝、ほんの少しだけれど、外を散歩してみたのよ。昔の教え子がふらりと来て、外に連れ出してくれたの。
GrannyLizzie：ほんの数分のことだけれど、思いきってやってみた甲斐はあった。
thedoctorisin：大きな一歩ですね。一度踏み出してしまえば、あとは楽になるだけだし。

それはかならずしも真実ではないが、リジーのためを思って前向きなことを書いた。

thedoctorisin：教え子に慕われているんですね。すてきだわ。

GrannyLizzie：今日来たのはサム。美術の才能はかけらもないけれど、昔から気持ちの優しい子でね、そのままおとなになってくれたわ。

GrannyLizzie：ただ、家の鍵を持って出るのを忘れちゃった。

thedoctorisin：それ、やりがちですよね！

GrannyLizzie：家に入るのに手間取って焦ったわ。

thedoctorisin：パニックになる前に入れたならいいけれど。

GrannyLizzie：とても焦ってしまったけれど、予備の鍵を植木鉢に置いてるの。いまはちょうどスミレが満開よ。

thedoctorisin：ニューヨークにはない贅沢《ぜいたく》で、うらやましい。

GrannyLizzie：大笑《laughing out loud》い！

微笑ましい間違いだ。GrannyLizzieはネットスラングを完全には習得できていない。

GrannyLizzie：ごめんなさいね、そろそろ食事の支度をしなくちゃ。お友達が来てくれるのよ。

thedoctorisin：お気遣いなく。話し相手がいると聞いてほっとしました。

GrannyLizzie：ありがおつ！

GrannyLizzie：：）

GrannyLizzieはログアウトした。わたしは晴れ晴れとした気分だった。「生きているうちに多少は人の役に立てそうだ」――『日陰者ジュード』第六部第一章。

五時、万事好調だ。チェスの対戦を終え（四連勝、負けなし！）、ワインの残りを飲み干し、テレビのある一階に下りる。今夜はヒッチコックの二本立てにしようと決めて、DVDの抽斗を開けた。『ロープ』（世間の低評価に納得いかず）と『見知らぬ乗客』（交換殺人！）にするか。そういえば、どちらも主演俳優がゲイだ。だからわたしはこの二本を組み合わせたのか？　ああ、まだ精神分析医モードから抜け出していないようだ。「交換殺人」わたしは口に出してつぶやく。このところ独り言が急増している。ドクター・フイールディングにそれを相談するのを忘れないようにしよう。

『北北西に進路を取れ』もいい。

そうだ、『バルカン超特急』も――

叫び声が聞こえた。生々しい恐怖に満ちた声。絹を裂くような悲鳴。

わたしはキッチンの窓のほうを振り返った。

室内は静まり返っている。心臓が早鐘を打った。

どこから聞こえたのだろう。

外は夕暮れ時の蜂蜜色の光に染まり、木々の枝を風が渡っている。いまの声は通りから聞こえたのか、それとも――

また聞こえた。腹の底から絞り出すような声が空気を切り裂く。正真正銘の悲鳴、狂乱した声。さっきと同じ叫び声だった。二〇七番地からだ。リビングルームの窓は開け放たれ、そよ風に吹かれてカーテンが揺れている。〝今日は暑いくらいだよ〟とビナが言っていた。〝窓を開けなよ〟

わたしは二〇七番地の家を見つめた。キッチンからリビングルームへ、上階のイーサンの部屋へ、またキッチンへと忙しく視線を動かす。

夫が妻に暴力を振るっているのか。〝高圧的なところがあって〟

電話番号は知らない。ポケットに入れていたｉＰｈｏｎｅを取り出そうとして、床に落としてしまった。「ああ、もう！」番号案内にかける。

「住所は？」ぶっきらぼうな声。わたしは番地を伝えた。まもなく機械音声が十桁の番号を読み上げ、スペイン語で繰り返しますかと尋ねた。わたしはいったん電話を切り、教えられた番号を入力した。

猫が喉を鳴らすような呼び出し音が聞こえ始めた。

二つめ。

三つめ。

四——

「もしもし？」

イーサンだ。震え声、小さな声。わたしは二〇七番地に目を走らせる。どこにも姿が見えない。

「アナよ。公園の向かいの」

洟をすする音。「こんにちは」

「何があったの？　悲鳴が聞こえたわ」

「ああ。いや——違うんです」咳払い。「何でもありません」

「誰かの叫び声が聞こえた。お母さん？」

「何でもありませんから」イーサンはそう繰り返した。「お父さんがちょっと爆発しちゃっただけで」

「助けを呼ぶ？」

一瞬の間。「いえ」

ツーという音が二つ。電話は切れていた。

二〇七番地の家が無表情にわたしを見つめている。

デヴィッド。今日はデヴィッドがあの家に行っているはず。もう戻っているのだろうか。わたしは地下室のドアをノックして名前を呼んだ。一瞬、見知らぬ他人がドアを開けるのではないかと不安になった。眠気が覚めきらない声で、デヴィッドはそろそろ戻るはずですから、あなたはベッドに戻っていてくださいなと言われるのではないかと。

返事はなかった。

いまの悲鳴をデヴィッドも聞いただろうか。現場を見ただろうか。今度はデヴィッドの番号にかけた。

呼び出し音が四つ。長くて焦れったい音。それから電話機に内蔵された応答メッセージが流れ始めた。「いま電話に出られません。申し訳ありませんが……」女性の声。留守電の応答メッセージは女性の声となぜか決まっている。きっとわたしたち女の声のほうが恐縮しているように聞こえるのだろう。

〈終了〉ボタンをタップした。電話を何度もなでる。そうしていればランプの精が現れて、知恵を授けたり、わたしの願いを叶えてくれたりするとでもいうみたいに。

ジェーンが悲鳴を上げた。二度も。なのに、イーサンは何でもないと言って否定した。警察を呼ぶことはできない。わたしに本当のことを話す気がないなら、制服を着た警官にも本当のことは話さないだろう。

爪が掌に食いこんで、三日月形の小さな跡を残す。

だめだ。もう一度イーサンと話してみよう。ジェーン本人と話ができればなおいい。発信履歴を呼び出し、ラッセル家の番号をタップする。呼び出し音が一度聞こえただけで、誰かが出た。

「はい？」アリステアの耳に優しいテノールの声が聞こえた。

わたしは息をのんだ。

顔を上げる。アリステアが見えた。キッチンで、電話機を耳に当てている。もう一方の手にはハンマーを握っていた。向こうからこちらは見えていない。

「二一三番地のアナ・フォックスです。ゆうべ――」

「ええ、覚えていますよ。こんにちは」

「こんにちは」そう応じてから、挨拶なんかすべきじゃなかったと思った。「たったいま、悲鳴が聞こえたように思って、何かあったのかなと――」

　アリステアはこちらに背を向けたまま、ハンマーをカウンターに置き――ジェーンはあのハンマーで脅されたの？――まるで自分を励まそうとするように、その手をうなじにやった。「え？――何を聞いたって？」

　意外な反応だった。「悲鳴かしらと思ったんですけど」わたしは言った。だめだ、もっと自信ありげに話さなくては。「悲鳴です。一分くらい前」

「悲鳴《スクリーム》、ですか」外国語を発音するような調子だった。スプレッツァトゥーラ（イタリア語で、「意図された無造作さ」）。シャーデンフロイデ（ドイツ語で「他人の不幸を喜ぶ気持ち」）。スクリーム。

「そうです」

「どこから？」

「お宅から」こっちを向いて。いまどんな顔をしてるか見せてよ。

「いや……うちでは誰も悲鳴など上げていませんよ。断言します」電話越しに彼の含み笑いが聞こえ、窓越しに、彼が壁に寄りかかるのが見えた。

「でも、聞こえたんです」お宅の息子は認めたのよと心のなかでは付け加えたが、声には出さなかった。言えば怒りの炎に油を注ぎ、激高させてしまうかもしれない。

「何か別の音を聞き違えたのでしょう。それか、どこか別の場所から聞こえたか」

「いいえ、確かにお宅から聞こえました」

「いまこの家にいるのはわたしと息子だけです。わたしは叫んでいないし、息子もそうだと思いますよ」

「でも聞こえたんです――」

「ミセス・フォックス。申し訳ないが、切らせていただきます。別の電話が入っているので。うちでは何事も起きていませんので。誰も叫んでなどいませんから、ご心配なく！」

「でも――」

「では、楽しい夜を。せっかくのいい天気ですから」

アリステアが受話器を置くのが見えた。またツーという音が二度聞こえた。アリステアはカウンターに置いたハンマーを取り、奥のドアから部屋を出ていった。

わたしは信じがたい思いで自分の電話機を見つめた。そうすれば電話がすべて説明してくれると期待するように。

ラッセル家に目を戻したちょうどそのとき、玄関ポーチの階段に彼女が現れた。一瞬、敵の気配を探るミーアキャットのようにその場でぴたりと止まったあと、階段を下りた。

首をひねって通りの向こうを確かめ、次にこちら側を確かめてから、大通りのある西に向けて歩きだした。頭のてっぺんの髪が夕陽の色に輝いていた。

25

彼は入口にもたれている。シャツは汗で濡れ、髪はもつれて、片方の耳にイヤフォンが挿しこまれていた。

「すみません、もう一度」

「ラッセル家で悲鳴を聞かなかった？」わたしは質問を繰り返した。たったいま、デヴィッドが帰ってきた気配を聞きつけた。ジェーンが隣家の玄関前に現れてから三十分とたっていないタイミングだった。その三十分ほどのあいだ、わたしのカメラは、あちこちの巣穴のにおいを嗅いでキツネを探す犬のように、ラッセル家の窓から窓へとせわしなく飛び回っていた。

「いや、三十分くらい前に出たから」デヴィッドが言った。「そのままそこのカフェに行ってサンドイッチを食ってたし」シャツを持ち上げて顔の汗を拭う。腹筋はみごとに割れていた。「悲鳴が聞こえたんですか」

「そうよ、二度も。大きくてわかりやすい悲鳴。六時ごろ」

デヴィッドは腕時計を確かめた。「六時なら、まだあの家にいたかもしれないけど、ずっと耳がふさがってたから」そう言って耳に入れたイヤフォンを指さす。もう一方はもものあたりで揺れている。「聞こえたのはスプリングスティーンの声だけで」

デヴィッドが個人的な嗜好を明かすのはこれが初めてだ。ただ、タイミングが悪い。わたしは悲鳴の件を追及した。「ミスター・ラッセルは、あなたはいないって言ってた。自分と息子さんしか家にいないって」

「だったら、おれはもういなかったんだな」

「電話したのに」まるで懇願するような調子になった。

デヴィッドは眉根を寄せ、ポケットから携帯電話を取り出してチェックした。電話に裏切られたとでもいうように、眉間の皺がいっそう深くなる。「ほんとだ。何か頼みたいことでも？」

「じゃあ、悲鳴は聞いてないのね」

「悲鳴は聞いてませんよ」

わたしは向きを変えた。「何か頼みたいことでも？」デヴィッドがそう繰り返したときにはもう、わたしはカメラを手に窓際に向かっていた。

人影が現れた。玄関のドアが開き、閉まって、その人影が見えた。急ぎ足で階段を下り、左に向きを変え、歩道を大股に歩きだす。わたしの家の方角だ。

まもなくブザーが鳴ったとき、わたしはもうインターフォンの前で待っていた。オートロックを解除した。玄関ホールに入ってくる気配、ドアが閉まる気配が続く。玄関ホールのドアを開けると、暗がりにイーサンが立っていた。腫れぼったい目は真っ赤に充血していた。

「ごめんなさい」イーサンはドアの手前でためらっている。

「謝ることはないわ。どうぞ入って」

イーサンは凧《たこ》のようにゆらゆらと動いた。ソファを目指すかと思いきや、途中でキッチンに進路を変えた。「何か食べる？」わたしは尋ねた。

「ううん、すぐに帰らなくちゃいけないから」そう言って首を振った。涙の粒が転がり落ちた。この子がわたしの家に来るのは二度目で、その二度とも泣いた。

職業柄、激しく動揺している子供の扱いには慣れている。泣きじゃくる子、わめき散らす子、人形を殴り続ける子、本を投げつける子。そのころ、自分の腕に抱き締められるのはオリヴィアくらいのものだった。いま、わたしはイーサンに向かい、腕を翼のように大きく広げた。イーサンはぎこちなくそこに身を委ねた。すれ違いそこねてぶつかっただけというように。

その瞬間、そしてそれに続く何秒か、わたしは娘を抱き締めていた。初めて学校に行く日、抱き締めたように。旅行先のバルバドスのプールで抱き締めたように。音もなく降りしきる雪のなかできつく抱き締めたように。心臓の鼓動が自分のもののように伝わってきた。半拍ずつずれた鼓動、途切れることなく続くドラムライン。二つの体を血液が巡る音まで聞こえるようだった。

肩のあたりでイーサンが何かつぶやいた。「なあに？」わたしは訊いた。

「本当にごめんなさいって言ったんだ」イーサンはそう言ってわたしの腕をほどき、袖で鼻の下を拭った。「本当にごめんなさい」

「いいのよ。もう謝らないで。大丈夫だから」わたしは目に落ちてきた髪を払いのけ、イーサンの前髪も同じように払いのけた。「何があったの？」

「お父さんが……」そこで言いよどみ、窓越しに自分の家をちらりと見やった。隣家は闇の奥から髑髏《どくろ》のようにこちらをにらんでいた。「お父さんが怒鳴ってて、家にいられなくなって」

「お母さんはどこ？」

イーサンは洟をすすり、今度もまた袖で拭った。「知らないよ」二度深呼吸をしてから、わたしの目をまっすぐに見た。「ごめんなさい。お母さんがどこにいるか、ぼくは知りません。だけど、無事でいます」

「本当に？」

イーサンはくしゃみをし、自分の足もとを見た。パンチが足のあいだにもぐりこみ、すねに体をこすりつけていた。イーサンがまたくしゃみをする。

「ごめんなさい」また洟をすする。「猫アレルギーだ」それから周囲を見回した。いつのまにこの家のキッチンに来たのだろうと驚いているかのようだった。「もう帰ります。お父さんが怒るだろうから」

「とっくに怒ってるみたいじゃない？」わたしはテーブルから椅子を引き、そこに座るよう身ぶりで伝えた。

イーサンは椅子を見て少し迷ったあと、また窓の外に視線をやった。「帰ります。そもそも来ちゃいけなかった。ただ……」

「家にいられなくなった」わたしは言葉を引き継いだ。「わかるわ。でも、いま戻るのは危険じゃないかしら」

驚いたことに、イーサンは短くてとげとげしい笑い声を漏らした。「お父さんは口だけだから。言うだけで、何もできないんだ。ぜんぜん怖くない」

「でもお母さんは怯えてる」

イーサンは黙っていた。

これまでのところ、児童虐待を告げ口する明らかな兆候は見当たらない。イーサンの顔や腕のどこにも傷や痣《あざ》はないし、言動はほがらかかつ社交的で（ただし二度泣いたことは事実で、それを軽視してはいけない）、体や服が不潔ということもなかった。しかしそれはぱっと見の印象にすぎない。現に、イーサンはこうして逃げるようにわたしの家に来て、不安げな視線を公園の向こうの自分の家にちらちら向けている。

わたしは椅子を元の位置に戻した。「わたしの携帯電話の番号を教えておくわ」

イーサンはうなずいた――しぶしぶといった風だが、かまわない。「紙に書いてもらえますか」

「電話、持ってないの？」

首を振る。「うちでは――お父さんがだめだって言うから」また洟をすする。「メールアドレスもない」

ありそうな話だ。わたしはキッチンの抽斗から古いレシートを探し出し、そこに番号を書きつけた。四桁書いたところで、それはクリニックにいたころの番号、患者に何かあったときのために引いていた専用回線の番号だと気づいた。「フリーダイヤル1‐800‐ANNA‐NOWまで気軽にお電話を！」エドによくそうからかわれた。

「いけない。これは別の番号だった」四つの数字に線を引き、正しい番号を書き直した。顔を上げると、イーサンは勝手口のそばに立って公園の向こうの家を見つめていた。

「無理に帰ることはないのよ」わたしは声をかけた。

イーサンが振り返る。迷っている。やがて首を振った。「もう帰らないと」

わたしはうなずき、紙片を差し出した。イーサンは受け取ってポケットにしまった。

「いつでも遠慮なく電話してね」わたしは言った。「お母さんにもその番号を教えてあげてちょうだい」

「わかりました」イーサンは肩を怒らせ、背筋をまっすぐに伸ばして玄関に向かった。戦闘に備えて身を引き締めている。

「イーサン？」

イーサンが振り返る。片手はドアノブをつかんでいた。

「本当よ。いつでも電話して」

イーサンはうなずいた。それからドアを開けて出ていった。

わたしは窓際に戻り、公園の前を通り過ぎて玄関ポーチの階段を上っていくイーサンを見守った。鍵を差したところで動きを止め、一つ大きく息を吸う。それから、家のなかに消えた。

26

二時間後、わたしは残ったワインを一息に喉に流しこみ、ボトルをコーヒーテーブルに置いた。立ち上がる。時計の秒針のように、体が片方に傾き始めた。

しゃんとして。寝室に行くのよ。バスルームに。

ほとばしる湯を浴びていると、この数日のできごとが洪水のように押し寄せてきて脳味噌の深い溝を流れ、くぼみにあふれた。ソファで泣いていたイーサン。隠し事を残らず透視できそうなドクター・フィールディングの眼鏡。わたしの背中を脚で締め上げるビナ。ジェーンと過ごしためくるめくような時間。耳の奥に残るエドの声。カッターナイフを手にしたデヴィッド。アリステア——善良な人、りっぱな父親。聞こえてきた叫び声。

わたしは片手にシャンプーを絞り出し、上の空のまま髪に広げた。上げ潮が足もとを洗っている。

それに、薬——そうよ、薬。「どれも作用の強い向精神薬だ、アナ」わたしがまだ鎮痛剤の効き目でぼんやりしていたころに、ドクター・フィールディングが最初にくれたアドバイスはそれだった。「処方どおりに服用することが肝心だ」

わたしは両手を壁につき、首を垂れて湯を浴びた。髪が作る暗い洞窟が顔の周囲に下りてくる。何かがわたしに起きている。わたしの内側で起きている。何か危険で新しいもの。それは、その毒の木はすでに根を下ろした。生長し、枝を大きく広げ、蔓が伸びてはらわたに、肺に、心臓にからみついていく。「薬」わたしは声に出して言う。その小さくて低い声は湯の奔流にのみこまれて、まるで水中でしゃべっているようだ。

手探りでガラスに象形文字を描く。目にかかる湯を払ってその文字を読む。ガラスドアに、ジェーン・ラッセルの名前がいくつも並んでいる。

11 月 4 日　木曜日

27

彼は仰向けに横たわっている。その上半身をへそと胸に区切っている黒っぽい体毛のフェンスをわたしは指でなぞる。「あなたの体、好き」わたしはささやく。

彼はため息をついて微笑む。「嘘つけ」彼はそう言い、鎖骨のくぼみをぼんやりとなぞっているわたしに、自分の体の欠点を一つずつ挙げて聞かせる。肌が乾燥気味なせいでまだらに見える背中。氷の平原に一人ぽつんと取り残されたエスキモーのように、肩甲骨のあいだに一つだけある大きなほくろ。反り返った親指の爪。でこぼこした手首。左右の鼻の穴をつなぐハイフンのような小さな白い傷痕。

わたしはその傷痕をなぞる。小指を鼻の穴に入れる。彼がふんと鼻を鳴らす。「この傷はどうして？」わたしは尋ねる。

彼はわたしの髪を親指に巻きつけて言う。「いとこにやられた」

「いとこがいたなんて知らなかった」

「二人いる。これをやったのはロビンだ。鼻の下に剃刀を当てて、おまえの鼻の穴を一つにつなげてやろうかと言った。やめてくれと首を振ったら、切れた」

「信じられない」

彼はため息をつく。「だろう？　あのときうなずいていてたら、無事だったのに」

わたしは微笑む。「何歳のときの話？」

「先週の火曜日の話さ」

わたしは声を上げて笑う。彼も笑いだす。


意識の表面に浮上するにつれて、夢は水のように流れ出していった。夢というより、記憶だ。両手で集めてすくい上げようとしても、もう消えてしまっている。

片手を額に押し当て、二日酔いをなだめようとした。シーツを剝いで片側に寄せ、パジャマを脱いでドレッサーの前に立ち、壁の時計を確かめる。十時十分。長針と短針が、ワックスで固めた口ひげの角度を作っていた。わたしは十二時間も眠っていたらしい。

昨日という日が花のように色褪せ、黄色くしなびていく。家族のいさかい。醜いけれど、珍しいことではない。わたしが耳にしたものはそれだ。たまたま聞こえた《オーヴァーハード》とはいえ、聞き《オーヴァ》すぎた《ーハード》。わたしには関係ない。エドの言うとおりなのだろうと考えながら、階段を下りて書斎に向かった。

そう、エドは正しい。このところ刺激が多い――そのとおりだ。多すぎる。眠りすぎ、飲みすぎ、考えすぎ。何もかも度を超している《トゥ・マッチ》。フランス語ならドゥ・トロ。八月にミラー夫妻が引っ越してきたとき、わたしはここまで関心を持っただろうか。ミラー夫妻はまだ一度もこの家に来たことはない。それでもわたしは夫妻の日課を観察し、動向を追跡し、野生のサメのように二人を追い回している。つまり、ラッセル家がとりたてて興味深いというわけではない。物理的な距離が近いというだけのことだ。

ジェーンのことが心配なのは当然だろう。イーサンのことだって心配だ。〝お父さんがちょっと爆発しちゃっただけ〟――ちょっとどころか大爆発だろう。だけど、たとえば児童福祉事務所に通報するわけにはいかない。通報するような具体的なことは何も起きていないのだから。いま通報したら、かえって事態を悪化させるだけのことだ。それはわかりきっている。

電話が鳴っている。

鳴ることはめったにないから、何の音か、とっさにわからなかった。鳥の声が聞こえたときみたいに、反射的に窓の外を見た。電話はローブのポケットにはなく、着信音は頭上のどこかから聞こえていた。ようやく寝室にたどりつき、シーツの谷間から掘り出したとき、電話は切れていた。

〈ジュリアン・フィールディング〉と表示されている。〈かけ直す〉をタップする。

「もしもし？」

「こんにちは、ドクター・フィールディング。いまお電話いただきましたか」

「アナ。こんにちは」

「どうも、こんにちは」無用の挨拶の応酬。頭がずきずきする。

「電話したのは――ちょっと待ってくれ……」ドクターの声はいったん遠ざかり、まもなく鼓膜に突き刺さるような音量でまた聞こえた。「エレベーターのなかでね。電話したのは、処方箋の薬をちゃんと出してもらったか確かめたかったからだ」

何の処方――ああ、思い出した。ジェーンが代わりに配達員から受け取ってくれた薬のことか。「ええ、ちゃんと出してもらいました」

「ならいい。よけいなお世話だったかな、こんな電話をして」

そうね、よけいなお世話です。「いいえ、ぜんぜん」

「効果はすみやかに現れるはずだ」

階段に敷いた籐のマットが足の裏をちくちくこする。「結果はすぐに出るわけですね」

「わたしなら結果ではなく効果と呼ぶね」

さすが、シャワーでおしっこしないタイプ。「何かあったら報告します」わたしはそう約束し、書斎に行こうと階段を下り始めた。

「前回のカウンセリング以降、心配していた」

わたしは足を止めた。「でも――」だめだ。言うことが思い浮かばない。

「今回、薬を調整して、少し落ち着くのではないかと期待している」

わたしは黙ったままでいた。

「アナ？」

「はい。わたしもそう期待してます」

ドクターの声がまた遠ざかる。

「もしもし？」

すぐにまた大音量で戻ってきた。「薬は」ドクターが言う。「アルコールと一緒に摂取してはいけないよ」

28

キッチンに行き、薬をのみ、続けてメルローを注ぐ。ドクター・フィールディングの心配は理解できる。本当だ。アルコールは鎮静作用を持つ。したがって、鬱病患者には不適当だ。ちゃんとわかっている。それをテーマに論文まで書いた。『児童思春期の鬱病とアルコール濫用』。ウェスリー・ブリルとの共同執筆で、『児童心理学ジャーナル』の三七巻四号に掲載された。必要なら、論文の結論を引用することもできる。バーナード・ショーの名言にあるように、わたしはよく自分の言葉を引用する、なぜなら会話におもしろみを加えてくれるから、だ。また、バーナード・ショーの名言にあるように、酒とは人生という手術を乗り越えるための麻酔薬だ。あっぱれ、ミスター・ショー。

だからうるさいこと言わないでよね、ジュリアン・フィールディング。抗生物質なら危険かもしれないけど。それに実を言うともう一年近く、ごっちゃに摂取してるの。でも見て、こうしてまだ無事でいるでしょ？

キッチンテーブルの上、陽射しが描いた四角のなかに、ノートパソコンがある。それを開き、〈アゴラ〉にアクセスして、新兵二名に基本を手ほどきしたあと、またしても盛り上がっていた薬に関する論争に口をはさんだ（どの薬もアルコールで摂取してはいけないと説諭した）。一度――たった一度だけ――ラッセル家にさっと視線を走らせた。イーサンは自室にいて、机の前でキーボードを叩いていた。ゲームでもしているか、レポートを書いているのだろう。ネットサーフィンではないはずだ。リビングルームにはアリステアがいて、膝に置いたタブレット端末を操作していた。二一世紀の家族の日常風景。ジェーンの姿は見えないが、気にすることはない。わたしには関係のない話だ。刺激が多すぎる。「さよなら、ラッセル一家」わたしはつぶやき、テレビに目を戻した。『ガス燈』――ため息が出るほど妖艶なイングリッド・バーグマンが、ゆっくりと狂気の淵へ追い詰められていく。

29

昼食をすませ、ノートパソコンの前に戻ると、GrannyLizzieが〈アゴラ〉にちょうどログインしたところだった。このフォーラムにまた来られた喜びを示すかのように、ハンドル名の横に表示された小さなアイコンがログインと同時にスマイルマークに変わる。わたしは先手を打ってこちらから話しかけた。

thedoctorisin：こんにちは、リジー！
GrannyLizzie：こんにちは、ドクター・アナ！
thedoctorisin：モンタナのお天気はいかが。
GrannyLizzie：外は雨降りよ。わたしみたいな引きこもりっ子には関係ないけれど！
GrannyLizzie：ニューヨーク・シティのお天気はどう？
GrannyLizzie：いけない、いかにも田舎者みたいね。ニューヨーク・シティじゃなくて、NYCと言うほうが格好いい？
thedoctorisin：どちらもふつうに使いますよ！　こっちはいいお天気です。調子はいかがですか。
GrannyLizzie：昨日に比べると、正直なところ、少し不調かしら。これまでのところは。

ワインを口に含み、舌の上で転がす。

thedoctorisin：よくあることです。回復にも波があります。

GrannyLizzie：そのようね！　近所の人たちが代わりに食料品を買って届けてくれるの。

thedoctorisin：手助けしてくれる人がみじかにいてくれるのは安信ですね。


打ち間違いが二カ所。ワインは二杯以上飲んでいる。打率としてはまあ悪くないのではないか。「かなりいいほうよ」わたしは自分にそう言い聞かせ、またひと口ワインを飲む。

GrannyLizzie：でもね、でもね……大ニュースがあるのよ！　今週末、息子たちが遊びにきてくれるの。一緒に外に出てみせるんだから。ホントにホント！

thedoctorisin：今回は無理だったとしても、ご自分を責めたりしないように。


短い間があった。

GrannyLizzie：言葉がきつすぎるとは思うけれど、自分が〝奇人〟になったような気がしてしまって。

たしかに、きつい表現だ。わたしの心もちくりと痛んだ。グラスのワインを飲み干し、ローブの袖をまくり上げて、猛然とキーを叩いた。

thedoctorisin：あなたは〝奇人〟じゃないわ。境遇の犠牲者です。あなたはいま、おそろしくつらい状況を乗り越えようとしている。わたしはもうじゅカ月も引きこもったままだから、あなたのつらさを誰よりも理解しているつもり。だからお願いです。自分のことを奇人だとか、マケ犬だとか思わないでください。あなたは助けを求める勇気を持った、タフで思慮深い人なんですから。息子さんたちはあなたを誇りに思ってくれるだろうし、あなたもご自分を埃に思っていいんですよ。

以上。詩的な文章とはかけ離れている。ちゃんとした英語とさえ言えない。打ち間違いだらけだ。でも、書いたことに嘘は一つもない。どれも本当のことだ。

GrannyLizzie：励まされたわ。
GrannyLizzie：ありがとう。

GrannyLizzie：あなたはなるべくして心のお医者さんになったのね。何を言うべきか、どう伝えるべきか、心得てる。

自分の唇に笑みが浮かぶのが見えるようだった。

GrannyLizzie：あなたにもご家族はいらっしゃるの？

笑みが凍りついた。

答える前に、ワインのおかわりを注いだ。グラスの縁からあふれかけ、わたしはうつむいてグラスに口をつけ、満潮レベルになるまでワインをすすった。唇からワインのしずくがこぼれて顎を伝い、ローブに垂れる。手でこすってタオル地に染みこませた。エドに見られていなくてよかった。誰も見ていなくてよかった。

thedoctorisin：家族はいます。でも一緒には暮らしていないの。

GrannyLizzie：あら、どうして？

どうしてだろう。なぜ一緒に暮らしていないの、アナ？　グラスを口に運びかけて、また下ろす。日本の扇のように、そのシーンがさっと目の前に広がった。果てしなく続く雪景色、外観は美しいけれど、なかに入ると平凡なホテル、旧式な製氷機。

なぜだろう。リジーに打ち明けたくなった。

30

別居を決めたのは、その十日前だった。そこがこの話の出発点、「むかしむかしあるところに」だ。正確を期するなら——完全に公平に、絶対の真実を述べるなら——エドが別居を決め、わたしは基本的にそれに同意した。実を言うと、エドが不動産屋を呼んだ時点でもまだ、まさか本当に別居することになるとは思っていなかった。とても信じられなかった。

別居の理由は、リジーの知ったことではない。ウェスリーなら、「リジーが知るべきことではない」とでも言うところか。彼は言葉の使い方にやかましかった。いまも変わらずやかましいだろう。ともかく、理由は関係ない。いま話すことではない。〝どこで〟〝いつ〟なら話せる。

ヴァーモント州、去年の十二月――それが〝どこで〟〝いつ〟だ――オリヴィアをアウディに乗せて州道九号線を北上し、ヘンリー・ハドソン橋を越えてマンハッタン島を離れた。二時間後、ニューヨーク州北部を走っていると、道は、エドが親しみをこめて田舎道と呼ぶようなものに変わった。「ダイナーやパンケーキ屋がよりどりみどりだぞ」エドはオリヴィアに言った。

「ママはパンケーキが嫌いでしょ」オリヴィアは言った。

「ママには民芸品のお店でも見ててもらえばいいさ」

「ママは民芸品も好きじゃないんだけど」わたしは言った。

実際に通ってみると、その地域の田舎道沿いにパンケーキ店や民芸品店はまったくと言っていいほど見当たらなかった。ニューヨーク州の東のはずれにパンケーキ・チェーンのIHOPがぽつんと一軒だけあるのを見つけ、オリヴィアはそこでメープルシロップ（メニューには地元産と書いてあった）の海からワッフルを引き上げながら食べ、エドとわたしはテーブルをはさんで互いをちらちら盗み見た。外では雪が舞い始めていて、小さなか弱い雪ひらが窓ガラスに体当たり攻撃をしかけていた。オリヴィアはフォークで窓の外を指して歓声を上げた。

馬上槍試合のごとく、わたしもフォークを持ち上げた。「ブルー・リヴァーに着いたら、もっともっと雪があるわよ」旅の目的地はそこ、ヴァーモント州中部のスキーリゾートだった。オリヴィアの友達が行ったというリゾート。いや、友達ではなく、ただのクラスメートか。

車に戻り、また走りだす。車の旅はおおむね穏やかだった。オリヴィアには何も伝えていなかった。せっかくの家族旅行をだいなしにすることはないとわたしが言うと、エドもうなずいた。娘のためにと、スキーリゾート行きを強行した。

誰も口を開こうとしないまま、広々とした野原や薄氷の張った小川のあいだを抜け、忘れられた村を通り過ぎ、ヴァーモントとの州境にさしかかるころ、外は吹雪《ふぶ》き始めた。やがてオリヴィアが突然、『草原をわたり、森を抜けて』を歌いだした。わたしも声を合わせ、ハーモニーをつけて歌おうとしたが、不発に終わった。

「ダディ、歌ってくれる？」オリヴィアがせがむ。あの子はいつもそうだ。命令するのではなく、礼儀正しく頼む。そんな子供はめったにいない。おとなでも珍しいのではと思うこともある。

エドは咳払いをして歌い始めた。

地表から盛り上がった肩のようなグリーン山脈に到着するころ、エドはようやくくつろいだ表情を見せた。オリヴィアは息もつかずにしゃべり続けていた。「こんなものは一度も見たことがない」興奮した様子で叫ぶ。そんな折り目正しい話し方、どこで覚えたのだろうと思った。

「山の景色は気に入った？」わたしは尋ねた。

「くしゃくしゃになった毛布みたい」

「そうね、似てるわね」

「巨人のベッドみたい」

「巨人のベッド？」エドが訊き返す。

「そう――巨人が毛布をかぶって寝てるの。だから毛布がくしゃくしゃ」

「明日はこの山のどれかでスキーだぞ」急カーブを曲がりながら、エドは言った。「リフトでアップ、アップ、アップ、斜面を登って、ダウン、ダウン、ダウン、スキーで下る」

「アップ、アップ、アップ、アップ」オリヴィアがエドの言葉を繰り返す。ぽんぽんと小気味よい音だ。

「そのとおり」

「今度もまたそのとおり」

「あの山は馬みたい。あれが耳」オリヴィアはかなたにひょろりと伸びた稜線を指さした。

何を見ても馬を連想する年ごろだった。

エドは微笑んだ。「もし馬を飼うことがあったら、何て名前にする、リヴィ？」

「馬なんて飼えないけどね」わたしは口をはさむ。

「ヴィクセン」

「ヴィクセンはキツネのことだ」エドが言う。「女の子のキツネ」

「馬はキツネみたいに足が速いから」

エドとわたしはしばし思案した。

「ママだったら何て名前にする？」

「マミーって呼んでくれない？」

「いいよ」

「いいよ、何？」

「いいよ、マミー《オフコース》」

「馬はもちろん、オフコース」わたしはエドの表情をうかがった。何の反応もない。

「ダウン、ダウン、ダウン」

「どうして？」オリヴィアが訊いた。

「そういう歌があったのよ」

「どんな歌？」

「しゃべる馬が主人公のドラマのテーマソング（一九六〇年代のTVドラマ『ミスター・エド』）」

「しゃべる馬？」オリヴィアは鼻に皺を寄せた。「ばかみたい」

「そうね」

「ダディなら何て名前にする？」

エドはバックミラー越しにちらりとオリヴィアを見た。「ダディもヴィクセンって名前がいいな」

「うわあ」オリヴィアの怯えたような声を聞いて、わたしは窓の外を見た。

すぐそこは崖だった。地面を深くくりぬいたような大きな谷、空っぽの巨大なボウルが真下にある。虚空の底に常緑樹の鬱蒼《うっそう》としたマットが敷かれ、その上の空中にもやのラグが浮かんでいる。車は道路のぎりぎりを走っていて、まるで浮遊しているような心地がした。世界の井戸の底までのぞきこめそうだ。

「どのくらい高いの？」オリヴィアが訊いた。

「ものすごく」わたしは答え、エドに向き直った。「少しスピードを落として《スロー・アップ》もらえる？」

「スロー・アッ、プ、？」

「スロー・ダウン。どっちでもいいから、ゆっくり走って」

車は少しだけ減速した。

「もっとゆっくり《スロー・ダウン》」

「大丈夫だよ」エドが言った。

「こわいよ」オリヴィアの声は、怯えて縮こまっているように聞こえた。両手で目をふさごうとしている。エドはアクセルペダルを踏む足をゆるめた。

「下を見ちゃだめよ、パンプキン」わたしはシートの上で向きを変えた。「マミーを見て」

オリヴィアの大きく見開かれた目がわたしを見つめる。わたしはオリヴィアの手を取ってしっかりと握った。「何も心配いらないから。マミーを見ていれば大丈夫だから」

トゥーパインズの町外れにあるホテルを予約していた。スキー場までは三十分ほどの距離にある。フィッシャー・アームズの公式サイトを見ると、〈ヴァーモント州中部最高級の老舗ホテル〉が謳《うた》われ、薪が赤々と燃える暖炉や雪がフリルのように張りついた窓辺のイメージ写真を集めたしゃれたコラージュ画像が掲載されている。

小さな駐車場に車を駐めた。ホテルの正面入口のひさしに牙のようなつららが垂れ下がっていた。内装はニューイングランド風の素朴な雰囲気だ――急傾斜のついた天井、使いこまれた古風な家具、写真映えする暖炉で揺らめく炎。フロント係は、胸の名札によればマリーという名のぽっちゃりした若いブロンドの女性で、宿泊者名簿にご記入をお願いしますと言い、わたしたちが書きこんでいるあいだ、デスクに飾ったアヤメの花を整え直していた。この人なら、みなさん《フォークス》という ちょっぴり古めかしい言葉を使いそうだなとわたしは思った。

「みなさん《フォークス》はスキーをなさりにいらしたんですか」

「そうです」わたしは言った。「ブルー・リヴァーに」

「無事に到着されて、安心しました」マリーはオリヴィアに笑みを向けた。「天気予報では、嵐になりそうですって」

「ノーイースター?」エドが慣れた風を装って尋ねた。

マリーはレーザーみたいに明るい笑みを今度はエドに照射した。「北東風《ノーイースター》の嵐は沿岸部を襲う大型低気圧のことです」

エドの頰がかすかに引き攣《つ》った。「そうなんだ」

「今夜の嵐は、ただの嵐です。ただ、大雪になりそうですよ。今夜は窓の鍵をかけるのを忘れないようになさってください」

クリスマスを翌週に控えた季節に窓の鍵を開ける理由などあるのかと訊き返したいところだったけれど、マリーはわたしに部屋の鍵を渡すと、今夜はどうぞごゆっくりと言った。

わたしたちは荷物をごろごろと引いて廊下を歩いて部屋に向かった。フィッシャー・アームズの〈豊富なサービス〉にベルボーイは含まれていなかった。部屋には暖炉があり、その両側にキジの絵が飾ってあった。二つあるベッドのそれぞれの端に、レイヤーケーキのように折りたたんだ毛布が置いてある。オリヴィアはまっすぐトイレに行った。ドアは開けっぱなしだ。オリヴィアはよそのバスルームを怖がる。

「いい部屋ね」わたしはつぶやいた。

「リヴィ」エドが大きな声で尋ねた。「バスルームはどんな様子だ？」

「寒い」

「どっちのベッドがいい？」エドがわたしに訊いた。旅行先ではいつも別のベッドで寝た。オリヴィアがかならずもぐりこんできて、窮屈な思いをすることになるからだ。エドのベッドからわたしのベッドへ、またエドのベッドへと一晩に何度か往復することもあったりして、そういうとき、エドはオリヴィアを〝ポン〟と呼んだ。二本のバーのあいだを四ビットのボールが行ったり来たりする昔の卓球ゲーム『ポン』そっくりだからだ。

「窓側をどうぞ」わたしはもう一つのベッドの縁に腰を下ろし、スーツケースのジッパーを開けた。「鍵がかかってるか確かめてね」

エドはベッドに自分の荷物を置いた。わたしたちは無言で荷ほどきを始めた。窓の向こうでは、ひたひたと迫り来る夕闇のなか、雪が作る灰色と白のカーテンが風に揺れていた。一瞬あって、エドが片方の袖をたくし上げ、腕を掻いた。「あのさ……」何か言いかけている。わたしはエドのほうを向いた。

ちょうどそのときトイレの水が流れる音が聞こえて、オリヴィアがバスルームから飛び出してきた。興奮した様子で、左右の足で交互に飛び跳ねている。「ねえ、スキーはいつ行くの？」

夕食はあらかじめ買っておいたピーナツバターとジャムのサンドイッチと紙パック入りのジュースで済ませる予定だったが、それとは別に、ソーヴィニヨン・ブランをセーターでくるんで持ってきていた。ワインは常温に戻ってしまっていた。エドは「ものすごく辛口でものすごく冷えた」白ワインが好きで、レストランのウェイターにもかならずそう頼む。そこでわたしはフロントに電話をかけ、氷を届けてもらえないかと頼んだ。「廊下に出ていただくと、すぐ先に製氷機がございます」とマリーは答えた。「蓋が開きにくいので、思いきり押してください」

わたしはテレビの下のミニバーからアイスバケットを取って部屋を出た。廊下の壁に少し引っこんだところがあって、旧式のルマ・コンフォートの製氷機がハミングのような作動音をさせていた。「快適《コンフォート》なんて、あなた、ベッドのマットレスみたいな名前ね」わたしは機械相手にそうつぶやいた。スライド式の蓋を思いきり押して開けると、スペアミント・ガムのコマーシャルで人が吐く息のように真っ白な冷気がふわりと広がって、わたしの顔を包んだ。

氷をすくうスコップが見当たらない。奥まで手を入れて探す。焼けるような感覚があって、角氷がくっついてきた。手を振ってアイスバケットに落とそうとした。なかなか落ちてくれない。どこがコンフォートよ。

角氷に手首まで埋まったところで、エドがやってきた。

いつのまにかすぐとなりに来て、壁にもたれていた。わたしはとっさに気づかないふりをして、製氷機の氷だまりの底をのぞきこんだ。そこにあるものに完全に注意を奪われているようなふりで、氷をすくい続けた。黙って行ってくれればいいのにと思った。抱き締めてくれればいいのにと思った。

「楽しい？」

わたしは顔を上げてエドを見た。驚いた芝居はしなかった。

「あのさ」エドが言い、わたしはその先に続く言葉を想像した。考え直そうと言うのだろうか。このあいだはついかっとなってしまって、と。

でも次にエドの口から出たのは、咳《せき》だった。その数日前、パーティの夜からずっと風邪を引いていた。

咳が治まってから、ようやく先を続けた。「こんなやり方はよくないと思う」

わたしは氷を何個か握り締めた。「何のやり方？」心臓がすくみ上がるのを感じた。

「何のやり方？」同じことをまた訊いた。

「これだよ」エドは噛みつくような声で答え、片方の腕で円を描くように大きく動かした。

「幸せ家族のクリスマス旅行だよ。クリスマス当日が過ぎたら、ぼくらは……」

心臓がスピードを落とす。指先はじんじん痛んだ。「じゃあ、どうしたいの？　いますぐオリヴィアに伝えたいの？」

エドは何も答えない。

わたしは製氷機に突っこんでいた手を引っこめ、蓋を閉じた。思いきり度合いが足りなかったらしく、蓋は途中までしか下りなかった。わたしはアイスバケットを腰に乗せ、蓋を引っ張った。エドが横から蓋をつかんで引き下ろした。

　アイスバケットが落ちてカーペット敷きの床に転がった。氷が廊下に散らばった。

「ああ、もう」

「ほっとけよ」エドが言った。

「何か飲もうなんて気になれない」

「わたしは飲みたいわ」わたしはしゃがんで氷を拾い、アイスバケットに入れた。エドは黙って見ていた。

「その氷、どうする気だ?」エドが訊く。

「放っておいたら溶けちゃうでしょう」

「それでいいじゃないか」

　わたしは立ち上がり、アイスバケットを製氷機の上に置いた。「本当にいますぐ話したいの?」

　エドはため息をついた。「ずるずる先延ばしにするほうがよほど――」

「だって、もう来ちゃったのよ。もう……」わたしは部屋のドアを指さした。

　エドはうなずいた。「ぼくもそのことは考えた」

「このところ考えてばかりいるものね」

「思ったんだが」エドは先を続けた。「きみなら……」

そこで口をつぐむ。わたしの背後でドアが閉まる音がした。首をねじって後ろを見ると、中年の女性がこちらに向かって歩きだしたところだった。わたしたちと目を合わせないようにしながら遠慮がちに微笑み、角氷が散らばった廊下を歩いてロビーの方角に向かった。

「きみなら少しでも早く心のケアを始めたいだろうと思った。相手が患者ならきっとそう言うだろうとね」

「よして——わたしが何を言うか、何を言わないか、あなたが決めないで」

エドは黙っていた。

「それに、子供相手にそんな風に言わないわ」

「患者の両親には言うだろう」

「だから、わたしがどう話すとか、あなたが決めないでよ」

エドはまた黙った。

「それにオリヴィアはまだ知らないんだから、ケアする傷もないでしょう」

エドはため息をつき、アイスバケットの一点を指でこすった。「正直に言えば、アナ」エドの目は重たげに伏せられている。その上の額が崖のように崩れてきそうだった。「ぼくがもう耐えられそうにないんだよ、こんな茶番には」

わたしはうつむいた。床の上で早くも溶け始めた氷を見つめた。

どちらも口をきかなかった。どちらも動かなかった。言うことなんて何一つ思い浮かばない。

やがて、考える前にこう口走っていた。小さな、低い声で。「あの子が泣いても、わたしのせいにしないでよね」

短い間があった。それからエドが言った。わたしよりもっと低い声で。「きみのせいに決まってるだろう」息を吸う気配、吐き出す気配。「こんなに安心できる人はいないと思ってたのに」エドは言った。

わたしは次に何を言われるかと身構えた。

「いまはもう顔も見たくない」

わたしはまぶたをきつく閉じた。氷のように冷たい空気が鼻の奥につんと来た。そのとき思い出していたのは、結婚式の日のことではなく、オリヴィアが生まれた夜のことでもなく、ニュージャージー州でクランベリーを摘んだ朝のことだった。日焼け止めをべったりと塗り、防水ズボンを穿いたオリヴィアは、金切り声を上げ、笑っている。上空では雲がゆっくりと流れ、九月の陽光がたっぷり降り注いでいた。薔薇色がかった赤い果実の海が三百六十度、果てしなく広がっていた。エドは両手いっぱいにクランベリーをすくい、楽しげに目を輝かせていた。わたしは果汁でべたついたオリヴィアの手を握り締めていた。

腰まで沼の水に浸かったことを思い出す。その水が心臓に流れこみ、血管を満たし、目からあふれかけた。

顔を上げ、エドの目をのぞきこんだ。濃い茶色をしたあの瞳。「どこまでも平凡な目」二度目のデートでエドはそう言ったが、わたしに言わせれば、美しかった。いまも変わらず美しい。

その目がわたしを見つめ返していた。二人のあいだで、製氷機が低いハミングを続けていた。

それから、わたしたちは部屋に戻ってオリヴィアに伝えた。

31

thedoctorisin：それから、わたしたちは部屋に戻ってオリヴィアに伝えたの。

そこで手を止めた。リジーはどこまで聞く覚悟でいるだろう。わたしはどこまで打ち明ける覚悟でいるだろう。いまの時点でもう心が痛い。胸の奥で心臓がきりきりうずいている。

一分待っても反応がなかった。リジーに聞かせるにはつらすぎる話だっただろうか。リジーのご主人はもう二度と帰らないというのに、わたしは夫と会えなくなった事情をつらつら語っている。もしかしたら――

GrannyLizzie さんはチャットからログアウトしました。

わたしは呆然と画面を見つめた。
この続きは、わたし一人で思い出すしかない。

32

「独り暮らしで寂しくないのか」

一本調子な男の声にそう訊かれて、眠っていたわたしは身動きをした。糊《のり》を引き剝がすようにしてまぶたをこじ開ける。

「生まれつき独りぼっちなのよ」今度は女の声、艶っぽいコントラルトの声。

視界で光と影がまたたいている。『潜行者』か。ボギーとバコールがコーヒーテーブル越しに秋波を送り合っている。

「だから殺人事件の裁判を傍聴するのか」

わたしの家のコーヒーテーブルには、晩餐の残りがそびえ立っている。一滴残らず干されたメルローの空きボトルが二本と、薬のプラスチック容器が四つ。

「いいえ。あなたの事件が父の事件と似ていたから」

体の横のリモコンをぴしゃりと叩く。もう一度。

「父は継母を殺してなどいないと――」テレビ画面が暗くなり、同時にリビングルームも真っ暗になる。

いったいどのくらい飲んだのだろう。ああ、そうか。ボトル二本分だ。お昼時にも飲んだ。合計すると……ものすごくたくさん、だ。その実感はある。

加えて、薬だ。今朝、処方どおりの量をのんだだろうか。処方どおりの種類をのんだだろうか。最近のわたしはたるみきっている。ドクター・フィールディングから症状が悪化しているると思われるのも当然だ。「いけない子」そう自分を叱る。

薬の容器をのぞく。一つはほとんど空になっている。残りの錠剤は二つ。ちっちゃな白い粒が二つ、容器の底をはさんで向かい合っている。

やれやれ、わたしはぐでんぐでんに酔っている。

顔を上げ、窓を見る。外は暗い。不透明な闇が広がっている。電話を探してそのへんを見回したけれど、見つからない。部屋の隅にそびえる床置きの振り子時計がかちかちと音を鳴らしてわたしの注意を引く。九時五十分。口に出して言ってみる。「九時ごひゅっぷん」惜しい。十時十分前のほうが言いやすいかもしれない。「十時十分前」よくできました。わたしは時計にうなずいた。「ありがとう」時計はしかつめらしい表情のまま黙ってわたしを見つめた。

よろめきながらキッチンに向かう。よろめく《ラーチ》――玄関先で気絶した日、ジェーン・ラッセルはわたしの様子をそう表現しなかった？　近所のいたずら小僧から卵を投げつけられた日。ラーチ。『アダムス・ファミリー』。のっぽの執事。オリヴィアはあのテーマソングが大好きだった。ダダダダン、チャッ、チャッ。

蛇口に手をかけ、顔をその下に近づけておいて、ハンドルを天井に向けて上げる。勢いよく流れ出した水を、口をつけてごくごく飲んだ。

片手で顔をなで、ふらふらとリビングルームに戻る。視線が泳いでラッセル家に向かう。イーサンのパソコンが亡霊のようにぼんやりと輝いている。イーサンが机にかがみこんでいた。キッチンは無人だ。リビングルームは明るい色にあふれている。ジェーンがいた。雪のように真っ白なブラウスを着て、ストライプ柄のラブシートに座っている。わたしは手を振った。向こうは見ていない。もう一度手を振った。

ジェーンにはわたしが見えていない。

片足を前に、次にもう一方を前に、また最初の足を前に。次にもう一方――そうよ、もう一方を忘れずに。わたしはソファに同化し、頭を肩にもたせかける。目を閉じた。

リジーはどうしたのだろう。何か気に障ることを言ってしまっただろうか。わたしは眉をひそめる。

クランベリーが育つ沼地が目の前に広がる。水がきらめきながら揺れている。オリヴィアの手がわたしの手を握る。

アイスバケットが床に落ちて大きな音を立てる。

映画の続きを見よう。

目を開けて、体の下に埋もれていたリモコンを掘り出す。スピーカーから吐き出されるオルガン音楽、肩越しに振り返るローレン・バコール。「大丈夫よ」励ますような声。

「息を止めて、幸運を祈って」整形手術のシーンだ――麻酔で朦朧《もうろう》とするボギー、亡霊じみた人々の顔が、その目の前を不気味にぐるぐる巡る。「もう全身に回っている」オルガンの低い音色が続く。「入れてちょうだい」アグネス・ムーアヘッドがカメラのレンズをノックする。「入れてちょうだいったら」揺らめく炎。「火《ライト》は？」タクシー運転手がライターを差し出す。

明かり《ライト》。わたしは首を巡らせてラッセル家をのぞきこむ。ジェーンはまだリビングルームにいた。いまは立って、音もなく怒鳴っている。

わたしはソファに座ったまま向きを変えた。複数の弦楽器の音色。背後でオルガンの叫ぶような音が聞こえている。ジェーンが誰を怒鳴っているのか――誰に向かって怒鳴っているのかはわからない。外壁が邪魔で、リビングルームのほかの部分は見えなかった。

「息を止めて、幸運を祈って」

ジェーンは顔を真っ赤にし、ものすごい剣幕で怒鳴り散らしている。わたしはキッチンカウンターに置きっぱなしのカメラを盗み見た。

「もう全身に回っている」

ソファから立ち上がってキッチンに行き、片手でカメラを取る。窓際に移動する。

「ここを開けて。入れてちょうだい。入れてちょうだいったら」

窓ガラスぎりぎりまで身を乗り出し、カメラを持ち上げる。黒い影がぼんやり見えたあと、ふいにジェーンがファインダーに浮かぶ。輪郭はにじんでいた。フォーカスリングを回すと、像が鮮明になった。胸もとのロケットが光を跳ね返しているのまで見える。ジェーンは目を吊り上げ、口を大きく開けている。人差し指を相手に突きつけるようにしている――「火は？」――もう一度、指で突くようなしぐさをした。髪が一筋、頬に垂れた。

もっとズームしようとしたところで、ジェーンがさっと左に動いて見えなくなった。

「息を止めて」わたしはテレビのほうを振り返る。またバコールが映っていて、猫が喉を鳴らすような声で話している。「幸運を祈って」わたしはバコールと一緒にそのせりふを言う。また窓に向き直って、カメラを持ち上げる。

ジェーンがファインダーにふたたび浮かび上がる――今度はゆっくりと歩いていた。動きが不自然だ。よろめいている。ブラウスの上のほうに鮮紅色の染みがある。それが見る間に広がって、みぞおちのあたりまで赤く染まった。ジェーンは両手で胸をかきむしるようにしている。何か細い銀色の物体が飛び出していた。ナイフのつかに似た何か。

待って、あれは――ナイフのつかだ。

血が噴き上がって、喉を赤く濡らす。ジェーンの口が力なく開く。額に皺が寄って、困惑したような表情を作っていた。片手でつかを力なく握る。反対の手を伸ばす。その指は窓に向けられていた。

まっすぐわたしを指さしている。

わたしはカメラを取り落とした。カメラはロープを頼って岩壁を下りるようにわたしの脚の上をすべり落ち、ストラップがわたしの手をぐいと引く。

ジェーンは窓ガラスに腕をついて体を支えていた。懇願するように目を見開いている。唇は何か言っているが、わたしには聞こえない。読み取れない。次の瞬間、ジェーンはガラスに手をついた。時間の流れが止まりかけているかのように、その体はゆっくりと片側に傾き、ガラスに血の太い線が引かれた。

わたしはその場に凍りつく。

動けない。

部屋は静止している。世界が静止していた。

まもなく時間がふいに動きを再開して、わたしも動く。

向きを変え、カメラのストラップを振りほどいて、飛ぶように部屋を横切る。キッチンのテーブルに腰がぶつかった。わたしはよろめきながらカウンターに飛びつき、固定電話の受話器をつかむ。ボタンを押す。

反応はなかった。通じていない。

頭のどこか奥から、デヴィッドの声が蘇る――〝電話のプラグがはずれて――〟デヴィッド。

電話を放り出して地下室のドアへと走り、大きな声でデヴィッドを呼ぶ。何度も。何度も。ドアノブをつかんで揺さぶった。

返事はなかった。

今度は階段に走った。アップ、アップ――壁に衝突――一度――二度――踊り場で折り返し、また上って、最後の一段でつまずき、這うようにして書斎に入る。

机の上。携帯電話はなかった。確かにここに置いたのに。

スカイプ。

両手がはじけるように動いて、マウスをつかみ、机の上をさっと動かし、スカイプのアイコンをダブルクリックする。もう一度ダブルクリックすると、ログインを歓迎する音が鳴る。キーパッドから9・1・1を入力する。

赤い三角形が閃いた。〈緊急電話使用不可――Skypeは電話に取って代わるサービスではないため、緊急通報に使用することはできません〉

「何よ、役立たず」わたしは叫ぶ。

書斎から出て階段を駆け上る。その勢いのまま踊り場で向きを変えて、寝室に飛びこむ。

ベッドサイドテーブル――ワイングラス、写真立て。反対側のテーブル――本が二冊、老眼鏡。

ベッド――携帯電話はまたベッドに隠れてるの？　羽毛布団を両手でつかんで思いきり払う。

ミサイルのように、電話が撃ち上がった。

床に落ちる前に捕捉を試みたが失敗し、電話は肘掛け椅子の下にすべりこむ。手を這わせてしっかりとつかみ、スワイプしてスリープを解除した。パスコードを入力する。電話が震える。パスコードが違う。入力し直す。指がうまく動いてくれない。

ホーム画面が表示された。電話アイコンを力任せにタップ、キーパッドアイコンも力任せにタップ、九一一にかける。

「九一一番通信指令センターです。どうしましたか」

「となりの家」わたしは自分にブレーキをかけながら言う。この九十秒間で初めて動きを止めた。「となりの家の女性――刺されたみたい。どうしよう。助けて」

「落ち着いてください」通信指令員は、お手本を示すみたいにゆっくりと言った。ジョージア州に行くと耳にするようなのんびりとした無気力な話し方で、それがかえってわたしをいらだたせる。「そちらの住所は？」

脳味噌から番地を絞り出し、喉から絞り出して、口ごもりながら伝える。窓の向こうにラッセル家のカラフルなリビングルームが見えている。窓ガラスに血で描いた円弧。ネイティブアメリカンの出陣の化粧のようだ。

通信指令員が番地を繰り返して確認する。

「そうです。合ってます」

「隣家の女性が刺されたんですね？」

「そうです。助けて。血を流してるの」

「え？」

「〝助けて〟と言ったの」どうして何もしてくれないのだろう。わたしは大きく息を吸いこむ。咳が出た。もう一度息を吸う。

「救急隊が向かっています。まずは落ち着いてください。あなたのお名前を教えていただけますか」

「アナ・フォックス」

「アナですね。では、アナ、隣家の女性の名前は？」

「ジェーン・ラッセル。ああ、どうしよう」

「いまジェーンと一緒ですか」

「いいえ。ジェーンは——公園をはさんだ向かいの家にいる」

「アナ、あなたが……」

シロップみたいにどろりとした声——緊急事態をさばく部署に、なぜこんなのろくさい話し方をする人員を配置するのか。そう思ったとき、足首を何かがかすめた。下を見る。パンチが脇腹をすりつけていた。

「え、何？」

「あなたが隣家の女性を刺したんですか」

暗い窓ガラスに映ったわたしが、啞然として口を開ける。「まさか」

「わかりました」

「たまたま窓の外に目を向けたら、刺されるところが見えただけ」

「わかりました。刺した人物が誰なのかわかりますか」

わたしはガラス越しにラッセル家のリビングルームに目を凝らす。ここからだと一つ下の階になるが、床には花柄のラグがあるだけで何も見えない。爪先立ちになって首を伸ばす。

やはり何もない。

ちょうどそのとき、それが現れた——手。窓枠をつかもうとしている。

その手が上に伸びる。塹壕からそろそろと頭をのぞかせる兵士のようだ。指がガラスの上を這いながら、血の色の線を残していく。

ジェーンはまだ生きている。

「もしもし？　刺した人物が誰――」

そのときにはわたしはもう部屋を飛び出していた。電話を床に放り出し、にゃあと鳴く猫を残して。

33

傘は片隅のいつもの場所で、怯えたように身をすくませて壁にへばりついている。安全を脅かすものの接近に備えているかのように。わたしは持ち手の曲がった部分をつかむ。汗ばんだ掌に触れた持ち手は、つるりとして冷たかった。

救急車はまだ来ていないが、わたしはもうここに、ジェーンのすぐそばにいる。この壁の向こう、ドアを二つ抜けた先で、ジェーンはわたしに手を差し伸べてくれた。わたしを助けてくれた。いまはジェーンがナイフで胸を刺されて血を流している。精神分析医になるとき、わたしはこう誓った――何よりも害をなさぬこと。病の治癒と健康を促進し、自分より他者の利益を優先すること。

ジェーンは公園の向こうにいる。血に染まった手が助けを求めている。

わたしは玄関ホールに出るドアを開ける。

真っ暗なホールを横切って玄関に向かう。ドアの鍵を開け、傘を開くボタンを押す。しゅっと音がして、暗闇に傘の花が開く。露先が壁に当たり、小さな鉤爪のように引っ掻き傷を残す。

1、2。

ドアノブに手をかける。

3。

ノブをひねる。

4。

わたしは動かない。真鍮《しんちゅう》のノブが冷たい。

動けない。

外の世界が侵入してこようとしている――リジーはたしかそんな風に表現していた。外からドアを押している。力任せに開けようと試み、木のドアをがんがん叩いている。息づかいが聞こえる。大きくふくらむ鼻の穴、食いしばる歯が目に見える。外の世界はまもなくわたしを踏みつけ、引き裂き、むさぼり食うだろう。

額をドアに押し当て、息を吐く。1、2、3、4。

表通りは深くて広い峡谷だ。わたしを守るものは何もない。とてもやれそうにない。

ジェーンはすぐそこにいるのに。公園のすぐ向こうにいるのに。

公園の向こうに。

玄関ホールから撤退し、傘を引きずってキッチンに移動する。次の目標はあれだ——食洗機のすぐそば、公園に面した勝手口。ほぼ丸一年、鍵を開けたことがない。手前にリサイクル用くず入れを置いている。その口から、乱ぐい歯みたいにボトルの首が突き出していた。

くず入れを押しのける。ガラス瓶がぶつかり合ってコーラスを奏でた。ドアの鍵を開ける。

外に出たあと、ドアが閉まって鍵が開かなくなったら？　家のなかに戻れなくなったら？　勝手口のすぐ横のフックに下がった鍵を一瞥する。鍵を取って、ローブのポケットに入れた。

傘を行く手に向けて——わたしの秘密兵器、わたしの剣と盾——身を乗り出してノブをしっかりと握る。ひねる。

押す。

外気が吹きこんで顔をなでる。冷たくて鋭い空気。目を閉じた。

静寂。暗闇。

1、2。

3。

4。

わたしは外に足を踏み出す。

34

最初の一歩は、階段の一つめの段を完全に踏みはずし、二段目に墜落する。勢い余ったわたしはぐらぐら揺れながら暗闇に飛びこむ。目の前の傘もぐらぐら揺れた。もう一方の足が引きずられ、すべり落ち、膝の後ろ側が階段にこすれた。わたしは芝生の地面にお尻から着地する。

目をきつく閉じる。頭のてっぺんが傘の内側をかすめる。わたしはテントのなかにいるみたいに傘に覆われていた。

その場にうずくまったまま、片方の腕を上に伸ばし、階段を手探りする。アップ、アップ、アップ、爪先で歩くように指を一本、また一本と上に這わせていき、最上段を探り当てた。まぶたの隙間から外をのぞく。勝手口のドアは全開で、キッチンは黄金色に輝いている。そちらに手を伸ばす。指を引っかけて、光をたぐり寄せようとしているみたいに。

ジェーンが死にかけている。すぐそこで。

首を巡らせて傘に向き直る。黒い四角が四つ、白い線が四本。

煉瓦造りのざらざらした階段に手をついて、アップ、アップ、アップ、立ち上がる。

頭上で木の枝が軋む音が聞こえる。冷たい空気を細く細く肺に送りこむ。冷たい空気の感触なんてすっかり忘れていた。

それから――1、2、3、4――歩き始める。酔っ払いみたいに足もとがふらつく。そうか、わたしは酔っているんだった。

1、2、3、4。

専門臨床実習の三年目、てんかんの手術のあとに不思議な言動を示すようになった女児がいた。側頭葉切除術を受ける前、てんかんの大発作《エピレプティック・エピソード》(不謹慎な学生が〝エピレピソード〟という略語を作った)を起こしやすい点を除けば、誰に聞いても十歳の女の子らしいほがらかな子供だった。ところが手術後、女児は家族を避けるようになった。弟がいないかのようにふるまい、両親が体に触れようとすると身を縮めた。

学校の教師は初め、虐待を疑ったが、やがて誰かが奇妙なことに気づいた。女児は出会ったばかりの相手、まったく知らない他人には親しげな態度を取る。たとえば医師に抱きつき、通りがかりの人の手を握り、セールスに訪れた女性とまるで親友のようにおしゃべりをした。一方で、家族には——手術前はあれほど大好きだった家族には、冷淡な態度を貫いた。

原因はわからずじまいだったが、わたしたちは女児が示した態度を選択的感情鈍麻《どんま》と呼んだ。あの子はいまどこにいるのだろう。あの一家はどうしているだろう。

その女の子のことを考えた。あの子が赤の他人に示した愛情、未知のものに対する親しみを思い出しながら、一歩また一歩と公園を進み、二度会っただけの女性の救命に向かった。

考えながら歩いていると、傘が何かにぶつかり、わたしは驚いて足を止めた。

ベンチだった。

あのベンチだ。この公園に一つしかないベンチ、渦巻きの装飾が施された肘掛けがついて、背もたれに寄贈者の名を刻んだプレートがねじ留めされたベンチ。以前はよく、ここに座るエドとオリヴィアを家の上層階の窓から眺めた。エドはタブレット端末をぼんやりと見る。オリヴィアは本をめくる。やがて二人はタブレットと本を交換する。「児童文学はおもしろい?」エドが帰ってくると、わたしは訊く。

「エクスペリアームス」エドは学んだばかりのハリー・ポッター語で答える。

傘の石突きが座面の板の隙間に刺さっていた。そっと引いて抜く。そのとき初めて気づいた。というより、思い出した。

ラッセル家には公園に面した出入口が一つもない。表通り側からしか入る方法がないのだ。

出入口のことまで気が回らなかった。

1、2、3、4。

わたしはナイロン地とコットン地だけを盾に、広さ一〇〇〇平方メートルほどの公園の真んなかにいて、刃物で刺された被害者が住む家にたどりつこうとしているのを感じる。

夜が吠える声が聞こえる。夜がわたしの肺を取り囲み、舌なめずりをしている。

やれるはず。そう自分に言い聞かせたちょうどそのとき、膝の力が抜ける。踏ん張って――アップ、アップ、アップ、アップ。1、2、3、4。

前に倒れるようにして足を出す。小さな一歩、それでも一歩には変わりがない。自分の足を見る。室内履きの輪郭で芝がぴょんぴょんと立ち上がる。〝病の治療と健康を促進〟

夜がわたしの心臓をわしづかみにしている。握りつぶそうとしている。このままではわたしは破裂するかもしれない。もう破裂しそうだ。

〝自分より他者の利益を優先〟

ジェーン、待ってて。反対の足を前に出す。体が沈む。沈んでいく。1、2、3、4。

遠くでサイレンの音が聞こえている。通夜でむせび泣く声のようだ。血のように赤い光が、傘の作る丸天井にあふれた。自分を引き止める間もなく、音がしている方角へと反射的に首をひねる。

風がうなる。ヘッドライトで目がくらむ。
1、2、3――

11月5日　金曜日

35

「ドアに鍵をかけておくべきだったな」オリヴィアが廊下に駆けだしていったあと、エドはつぶやいた。

わたしはエドのほうを向いた。「どういう反応を予想してたわけ？」

「いや、だって――」

「どうなると思ってたの？　どうなっても知らないって言ったわよね？」

エドの返事を待たずに部屋を出た。エドの足音、カーペットを踏む静かな足音が後ろからついてくる。

ロビーに行くと、フロント係のマリーがデスクの奥から出て待ち構えていた。「何かトラブルでも？」

「ええ、ちょっと」わたしがそう答えると同時に、エドが答えた。「いや、ご心配なく」

オリヴィアは暖炉脇の肘掛け椅子に座っていた。火明かりに照らされて、涙で濡れた頬がほのかに輝いていた。エドとわたしは両側にしゃがんだ。背後で薪がはぜる音がした。

「リヴィ」エドが話しかける。

「いやだ」オリヴィアは激しく首を振った。

エドがいっそう優しい声でもう一度呼びかけた。「リヴィ」

「失《う》せやがれ」オリヴィアが叫んだ。

二人ともぎくりとした。わたしはあやうくお尻を暖炉で焦がすところだった。マリーはデスクの奥に戻り、〝みなさん《フォークス》〟の話が聞こえていないふりを懸命に装っていた。

「そんな言葉、どこで覚えたの」わたしは尋ねた。

「アナ」エドが言った。

「わたしじゃないわよ」

「そういう問題じゃないだろう」

たしかに。「ねえ、パンプキン」わたしはオリヴィアの髪をなでた。オリヴィアはまた首を振り、クッションに顔を埋《うず》めた。「ねえ、パンプキン」

エドはオリヴィアの手に自分の手を重ねた。オリヴィアがそれを振り払う。

エドが困り果てた顔でわたしを見る。

カウンセリング中に子供が泣きだしました。あなたはどう対応しますか。児童心理学の講義の初日、開始から十分。正答は――気がすむまで泣かせてやる。もちろん、話には耳を傾ける。理解に努め、慰めの言葉をかけ、深呼吸してみようかと言い聞かせたりもする。だが、肝心なのは気がすむまで泣かせてやることだ。

「深呼吸をして、パンプキン」わたしはささやき、オリヴィアの頭にそっと手を置く。

オリヴィアはむせて咳《せ》きこんだ。

数分が過ぎた。ロビーは冷え切っているように思えた。暖炉の炎まで凍えて震えている。やがてオリヴィアがクッションに顔を押し当てたまま何か言った。

「何だ?」エドが尋ねた。

オリヴィアは涙で濡れた顔を上げ、窓に向かって言った。「もう帰りたい」

わたしはオリヴィアの顔を見つめた。わなわなと震える唇、涙を垂らしている鼻。次にエドを見つめた。額の皺、疲れて落ちくぼんだ目。

自分のせいでこんなことになるとは。

窓のすぐ外を雪が舞っている。雪のひらを目で追った。ガラスにわたしたち三人が映っている。暖炉の前で背を縮めている夫、娘、そしてわたし。

短い沈黙があった。

わたしは立ち上がってフロントデスクに近づいた。マリーが顔を上げ、ぎこちない笑みを浮かべた。わたしも笑みを返した。

「嵐のことだけど」わたしは言った。

「はい」

「嵐は……もうすぐそこまで迫ってる？　車で出るのは危険かしら」

マリーは眉をひそめ、キーボードをかたかたと叩いた。「本格的な雪になるまで、まだ二時間ほどありそうです。ただ――」

「そうすると――」マリーの言葉をさえぎってしまった。「あっと、ごめんなさい」

「冬の嵐は予想が難しいので、と申し上げようとしていました」マリーはわたしの肩越しに背後を見た。「みなさん、チェックアウトされたいということでしょうか」

わたしは振り返った。肘掛け椅子《フォークス》に座っているオリヴィアを見、そのかたわらにしゃがんでいるエドを見る。「ええ、そのようね」

「でしたら」マリーが言った。「お急ぎになったほうがよろしいかと」

わたしはうなずいた。「精算をお願いします」

マリーが何か言ったが、わたしに聞こえていたのは、吹きすさぶ風の音と、暖炉ではぜる薪の音だけだった。

36

糊のききすぎた枕カバーがひび割れるような音がした。

近くで足音も聞こえる。

すぐに静かになった——ただし、それは聞き覚えのない静寂、なじみのない種類の静寂だった。

わたしはぱっと目を開けた。

横向きに寝ている。すぐそこに暖房のラジエーターが見えていた。

ラジエーターの上には窓。

窓の向こうには煉瓦の壁、ジグザグを描く非常階段、エアコンの四角いお尻。

ここはわたしの家ではない。

わたしはツインベッドに横たわり、上掛けのシーツできゅっとくるまれていた。身をよじって体を起こす。

また枕に沈みこんで、部屋を子細に観察する。せまくて、質素な家具が並んでいた——正確には、家具はほとんどない。壁際にプラスチックの椅子が一脚、ウォルナット材のベッドサイドテーブルが一台、そこにパステルピンクのティッシュ箱が一つ。電気スタンド。何も生けられていない花瓶。床は冴えない色のリノリウム張り。わたしの視線の先に、曇りガラスがはまったドアがあって、いまは閉まっている。見上げると、漆喰と蛍光灯のパッチワークみたいな天井があって——

わたしは掛け布団を握り締めた。

それが始まった。

足の側の壁がすっと遠ざかり、ドアが縮む。左右の壁を見ると、互いに離れていこうとしていた。天井が揺れ、ひび割れて、オイルサーディンの缶の蓋みたいに、ハリケーンに引きちぎられた屋根みたいに剝がれていく。同時に、肺のなかにあった空気が吸い出された。床がごうごうと音を立てて揺れ動く。ベッドが小刻みに震える。

わたしはただ横たわっている。波打つマットレスの上に。何もかも引き剝がされた部屋で。息さえできないまま。ベッドに横たわったまま、溺れかけている。ベッドで死にかけている。

「助けて」わたしは叫ぶ。だが、出てきたのはささやくような声だ。その声は、喉の奥から忍び足で出ていこうとして、舌の上でのたうち回った。「た——すけて」もう一度、助けを呼ぶ。今度は歯が言葉に食いこむ。電線を嚙んでしまったみたいに、口から火花が散り、それを浴びた声は導火線のように火を噴き、まもなく爆発する。

わたしの悲鳴が響き渡った。

低い話し声が聞こえ、はるかかなたに見えるドアから人影の集まりが飛びこんできて、どこまでも果てしなく続く部屋をとうていありえない歩幅で横切りながら、一直線にこちらに向かってきた。

わたしはまた叫ぶ。人影はばらけてベッドを取り囲んだ。

「助けて」体に残っていた空気をついに使い果たして、わたしは哀願する。

次の瞬間、腕に針が刺さる。手際がいい——ちくりとも痛みを感じなかった。

上で波がうねっている。音もなく、気配もない。わたしは漂っている。光の深海、深くひんやりとした底なしの淵に浮かんでいる。言葉が魚のように周囲を泳ぎ回っている。

「気がついたみたい」誰かが小声で言う。

「……安定」別の誰かの声。

まもなく、まだ浮上したばかりで、耳に入っていた水がようやく流れ出したばかりなのに、その声が明瞭に聞こえた。「危ないところだった」

わたしは首をねじる。枕の上で頭が力なく揺れた。

「ちょうど帰ろうとしていたんですよ」

声の主が見えた。声の主の大半が見えた。その人のこちらの端から向こうの端まで視線を走らせるのに、ちょっと時間がかかった。薬で朦朧としているせいもあるけれど（経験から、この感覚は鎮静剤のせいだとわかる）、その人がびっくりするほど大きいからだ。人間というより山だった。黒檀《こくたん》のような肌、巨岩みたいな肩、広漠とした胸、鬱蒼とした黒髪。スーツは、はじき飛ばされまいと必死にしがみついている。そろそろ限界が近づいて、最善を尽くしているといった風に見えた。

「やあ、どうも」柔らかくて低い声だった。「わたしはリトル。刑事です」

わたしは目をしばたたいた。その人の肘のあたりに――文字どおり肘に止まるようにして――看護師の黄色いスモックを着た、ハトみたいに小柄な女性が見えた。

「わたしたちが言ってること、わかりますか」看護師が尋ねる。

わたしはまた目をしばたたき、それからうなずいた。空気は粘ついた感触で、その動きが肌で感じ取れる。まだ水中にいるかのようだった。

「ここはモーニングサイド病院です」看護師が説明する。「こちらの刑事さんは朝からずっと待っていらしたんですよ。あなたの意識が戻るのを」玄関のブザーを鳴らしたのに気づかなかったのかと責めるような調子だった。

「名前は？　お名前を教えていただけますかな」リトル刑事から訊かれた。

答えようとして口を開くと、軋るような音が出た。喉が干上がっている。砂塵でも吐き出したように痛い。

看護師がベッドをぐるりと周ってきた。視線はベッドサイドテーブルの一点に注がれている。わたしは首をゆっくりと巡らせ、その動きを目で追った。看護師がわたしの手にカップを置く。わたしはカップから飲む。水は生ぬるい。「鎮静剤を投与しました」さっきとは違って申し訳なさそうな声だった。「少し前にちっちゃなパニックを起こしたから」

刑事からされた質問が宙ぶらりんのままだった。わたしはリトル山に視線を戻す。

「アナ」舌が減速バンプに変身したみたいに、音が口のなかでスピードを落とす。いったいどれだけ強い薬を注射されたのだろう。

「ラストネームも教えていただけますか、アナ」リトルが訊く。

水をもうひと口飲んでから答えた。「フォックス」自分の声が異様にまどろっこしく聞こえた。

「けっこう」リトルは胸ポケットから手帳を取り出し、なかのページを確かめた。「住所も教えていただこうかな」

わたしは番地を伝えた。

リトルがうなずく。「昨日の夜、どこで発見されたかわかりますか、ミズ・フォックス」

「ドクター」わたしは言った。

ベッド脇に控えた看護師がぴくりと動く。「ドクターなら、もうじきいらっしゃいますからね」

「そうじゃなくて」わたしは首を振った。「わたしはドクターなの」

リトルがわたしをじっと見つめている。

「ドクター・フォックスです」

日が昇るみたいに、リトルの顔に笑みが浮かんだ。歯は発光しているように真っ白だ。

「ド、ドクター・フォックス」リトルは手帳を指先でそっと叩きながら言った。「ゆうべ、どこで発見されたかわかりますか」

わたしは水のカップを口もとに運び、リトルを観察した。すぐそばで看護師がそわそわしている。「誰に?」わたしは言った。ふふふ、驚いた? こっちが質問することだってあるのよ。舌はもつれてるかもしれないけど、質問するときはするんだから。

「救急隊」リトルは言い、わたしが一つ前の質問に答える前に続けた。「救急隊が、ハノーヴァー公園であなたを発見しました。意識不明だったあなたを」

「意識不明だったんです」看護師が念を押すように繰り返す。

「十時半過ぎに電話をかけましたね。それに応じて駆けつけた救急隊は、バスローブ姿のあなたを発見した。ポケットにこれが入っていました」巨大な手を開くと、掌にわたしの家の鍵がちょこんと載っていた。「すぐそばにはこれが」膝の上に、きっちりたたんだわたしの傘がある。

　そのとき、お腹の奥底からそれがせり上がってきた。それは猛スピードで肺を通り、心臓を通り、喉を通り抜け、最後に前歯に当たって砕けた。

　ジェーン。

「はい?」リトルが眉をひそめた。

「ジェーン」わたしはもう一度言った。

　看護師がリトルのほうを向く。「〝ジェーン〟だそうです」あなたは通訳なの？　どこまでもお節介な人だ。

「となりの家の人。刺されるのを見たの」口のなかで言葉が解け、吐き出せるようになるまでに、氷河期が一つ経過した。

「ええ。九一一番への通報を聞きました」リトルが言った。

九一一番。そうだった。のろのろしゃべる南部出身の通信指令員と話した。そのあと勝手口から長い旅路に出発した。公園へ。頭上で木の枝が揺れていた。傘が作るドームを透かして、光がぐるぐる回っているのが見えた。妖しく揺らめく悪魔の媚薬を連想した。視界が揺らぎ始めた。大きく息を吸う。

「落ち着いて」看護師が命令のように言う。

わたしはまた息を吸いこもうとして、むせた。

「焦らないで」看護師が気をもむ。わたしはリトルの目を見つめた。

「大丈夫そうですよ」リトルが言った。

リトルを見つめたまま、わたしは情けない声を漏らし、ぜいぜいと喉を鳴らし、枕から頭を持ち上げて首を伸ばし、口から浅い息をした。肺を押しつぶされかけながらも、静かに怒りをたぎらせた――わたしが大丈夫かどうか、どうしてあんたにわかるのよ？　たったいま初めて会ったばかりの警察官のくせに。警察官。警察官と話をするのなんて、初めてかもしれない。たまに交通違反切符を切られるときを除けば。

かすかな光がまたたいたかと思うと、黒い虎模様がわたしの視野に現れた。リトルの視線はわたしの目から動かずにいたが、わたしの視線はリトルの顔を這い上りかけて、滑落した。悪戦苦闘中のハイカーみたいだ。リトルの瞳はありえないほど巨大で、唇はふっくらと厚くて優しげだ。

そうやってリトルを見つめ、毛布を両手でもみしだいていると、不思議とリラックスしてきて体の力が抜けた。胸は楽々と空気を受け入れ、視界は晴れた。何を注射されたか知らないが、薬が戦いに勝ったのだ。わたしは——たしかに——大丈夫そうだ。

「大丈夫そうですよ」リトルがまた言った。看護師がわたしの手をそっと叩く——いい子ね。

わたしは枕に頭を預けて目を閉じた。疲れた。ミイラの気分だった。

「となりの家の人が刺されたの」わたしはかすれた声で言った。「ジェーン・ラッセルという女性」

リトルがこちらに身を乗り出す気配がして、椅子が抗議の声を上げた。「刺した人物を見ましたか」

「いいえ」錆《さ》びついた車庫の扉みたいなまぶたをこじ開けた。リトルは手もとの手帳に覆い被さるような姿勢で額に皺を寄せている。眉をひそめるのと同時にうなずく。どう解釈していいかわからない。

「しかし、その女性が血を流しているところは見たわけですね」

「はい」もっと速くはっきり話せたらいいのに。尋問をおしまいにしてくれたらいいのに。

「酒を飲んでいたんですか」

ええ、たくさん。「少しだけ」わたしは答える。「でも、それとこれとは……」大きく息を吸った。新たなパニックが電気みたいに駆け抜けていこうとしている。「助けてあげて。もしかしたら——もう死んでるのかもしれないけど」

「ドクターを呼びます」看護師がドアに向かった。

看護師が行ってしまうと、リトルはまたうなずいた。「その隣家の女性を刺す動機がありそうな人物は？」

わたしはごくりと喉を鳴らす。「ご主人」

リトルはまたうなずき、そしてまた眉根を寄せてから、手首を返して手帳を閉じた。

「実はですね、アナ・フォックス」打って変わってそっけない声、ビジネスライクな口調だった。「今朝、ラッセル家に行ってみたんですよ」

「ジェーンは無事？」

「一緒に署に来てもらえますか。供述調書を作成したいので」

ドクターはまだまだ若いヒスパニックの美貌の女性で、あまりの美しさにわたしはまた息が詰まりかけたが、ロラゼパムを注射された理由はそれではない。

「連絡しておきたい方はいらっしゃいますか」ドクターから訊かれた。

とっさにエドの名前を挙げようとしたところで、自分にブレーキをかけた。時間の無駄だ。「時間の無駄だから」わたしはそうつぶやいた。

「え？」

「誰もいません」わたしは言った。「連絡する相手は――その、けっこうですから」折り紙を折るように、一語一語、慎重に形作る。「ただ――」

「ご家族がいらっしゃるでしょう」ドクターはわたしの結婚指輪に目を注いでいる。

「いいえ」さりげなく右手を左手に重ねた。「夫は――わたしは――一緒に暮らしていないんです。いまはもう」

「お友達は？」わたしは首を振る。だって誰に連絡できる？　デヴィッドに連絡してもしかたがないし、ウェスリーは論外だ。そうか、ビナなら――だけど、命に別状があるというほどの事態ではない。ジェーンは別状があるだろうけれど。

「主治医は？」

「ジュリアン・フィールディング」自分を止める間もなく反射的にそう答えた。「あ、でも、連絡しなくてけっこうですから」

ドクターは看護師と目を見合わせ、看護師は次にリトルと目を見合わせ、リトルはドクターに視線を向けた。三すくみ《メキシカン・スタンドオフ》。笑いがこみ上げる。笑いを押し戻す。ああ、ジェーン。

「ご承知のとおり、あなたは公園で意識を失って倒れていました」ドクターが先を続けた。「身元が確認できなかったので、救急隊がここモーニングサイド病院に搬送しました。そして意識を回復するなり、パニック発作を起こした」

「重度の発作」看護師が横から口をはさむ。

ドクターがうなずく。「重度の発作でした」手もとのクリップボードを確認する。「今朝もまた発作を起こしています。あなたはドクターだとか」

「いわゆるお医者さんとは違うけれど」わたしは言う。

「とすると、どういうドクター？」

「精神分析医です。専門は児童心理学」

「勤務先は――」

「人が刺されたんですよ」わたしは言った。叫ぶような声だった。拳で殴りかかられたかのように、看護師が後ずさった。「なのに、どうして誰も何もしないの？」

ドクターはリトルを一瞥してからわたしに尋ねた。「過去にもパニック発作を起こしたことはありますか」

そこで、わたしはドクターに――三人に――打ち明けた。椅子に座ったリトルはうなずきながら耳を傾け、看護師はハチドリの翼のように震えていた。広場恐怖症のこと、鬱のこと、それにもちろん、パニック発作のことも。処方されている薬の種類や量、十カ月間引きこもり続けていること、ドクター・フィールディングと彼が編み出した嫌悪療法。それだけ話すのにひどく時間がかかった。あいかわらず頭がぼんやりしていてうまく話せない。一分ごとに水を喉に流しこみ、それに押し上げられて昇ってくる泡ぶくのような言葉を唇からあふれさせるのがやっとだった。

ようやく話し終えると、わたしはまた枕に力なく沈みこみ、ドクターはしばしクリップボードに目を走らせていた。それからゆっくりとうなずいた。「いいでしょう」もう一つ、今度は少し短くうなずく。「いいでしょう」顔を上げる。「刑事さんと相談させてください。リトル刑事、よろしいですか――」手でドアを指し示す。

椅子が軋み、リトルが立ち上がった。わたしに笑みを向けたあと、ドクターと一緒に廊下に出ていった。

リトルがいなくなったとたん、病室は一気に広くなった。いまはわたしと看護師の二人だけだ。「もう少し水分をとっておきましょうか」看護師が言った。

数分後、二人が戻ってきた。もしかしたらもっと長い時間がたっていたのかもしれない。病室には時計がなかった。

「刑事さんがご自宅まで送ってくださるそうです」ドクターが言った。わたしはリトルの顔を見た。リトルは満面の笑みをこちらに向けた。「アチバンを処方しますから、あとでご自宅でのんでください。その前に、ご自宅に着くまでに発作を起こしたりしないよう、手を打つ必要がありそうですね。一番手っ取り早いのは……」

一番手っ取り早いのが何か、考えるまでもない。このときにはもう、看護師が注射器を手にかまえていた。

37

「きっといたずらだろうと思いましたよ」リトルが言う。「彼らはいたずらだと思った。

立場を思えば、わたしも我々と表現すべきなんでしょうが——我々は我々と言うべきなんでしょうけれどね——その、我々全員が同じ組織で働いてるわけですから。〝一つのチーム〟として、公共の利益に奉仕しているわけだ。よくわかりませんけど、とにかく公共の利益と呼ばれるような何かに仕えている」アクセルペダルを踏みこんで速度を上げた。「わたしはその場にいなかった。だから、わたしはいたずらだとは思わなかった。知らなかったんだから、そう思いようがない。でしょう？」

　でしょう、と言われても。

リトルの無印のセダンは大通りをすべるように走っている。白っぽい午後の陽射しが、池の水面を跳ねる小石のリズムでウィンドウ越しにまたたく。わたしの頭がガラスにぶつかる。すぐとなりに、わたしにそっくりな顔が映っていた。首筋に当たるローブの襟の感触は薄っぺらい。リトルは運転席に収まりきらずにあふれて、肘がときおりわたしの肘をかすめた。

　車が減速する。わたしはそれを体と脳で感じた。

「ところが、もちろん、行ってみると公園の芝生にあなたがべしゃりと倒れていたわけだ。彼らがそう言ったんです。発見時の様子をそう説明した。あなたの家のドアが開けっぱなしになってることに気づいて、事件はそこで起きたんだろうと考えた。しかし家のなかを確かめると、誰もいなかった。ああ、そうそう、家を見て回ったそうです。通報の内容を考えたら、確認しないわけにはいきませんからね」

わたしはうなずく。九一一番にかけた電話で自分が何を言ったか、細かなことは思い出せない。

「お子さんは？」わたしはまたうなずく。「何人？」わたしは指を一本立てる。「一人っ子か。うちは四人ですよ。一月に四人目が生まれる予定でね。四人目を発注ずみといったところです」リトルは笑った。わたしは笑わない。唇を動かすことすらできない。「四十四歳にして、四人目の子供。わたしのラッキーナンバーは4らしい」
1、2、3、4。わたしは頭のなかでつぶやく。吸って、吐いて。ロラゼパムが小鳥の群れみたいに血中を飛び回っているのを感じて。
リトルがクラクションを短く鳴らし、すぐ前の車があわてて発進した。「昼休み渋滞ですね」リトルが言った。

わたしは目を上げてウィンドウの外を見る。街に出るのはほぼ十カ月ぶりだ。車に乗るのも。車に乗って街に出るのも。十カ月ぶりに、自分の家ではない場所から外の世界を目にした。地続きの場所とは思えなかった。見知らぬ土地を探索しているかのよう、未来の文明社会をさまよっているかのようだった。建物はありえないほど高くそびえ、その上の褪《さ》めた青色をした空に、指を伸ばしてめりこませている。やかましい色の大型看板や商店が次々と背後に流れていった。〈焼きたてピザ　¢99!!〉、スターバックス、ホールフーズ（高級スーパーがいつのまにここに?）、旧消防署をリノベーションした高層分譲住宅〈一九九万ドルより、各タイプ販売中〉。寂《さび》れた暗い路地、陽光を跳ね返していて奥が見通せない窓。後ろからもの悲しげなサイレンの音が近づいてくると、リトルは車を片側に寄せて救急車を先に行かせた。

交差点が迫り、車は減速して停まった。わたしは魔眼のようにぎらつく信号機を見上げ、横断歩道を行き交う人の流れを眺める。ベビーカーを押すブルージーンズ姿の母親二人、体を二つ折りにして杖にすがる老人、ショッキングピンクのバックパックを重たげに背負ったティーンエイジャーたち、ターコイズ色のブルカで全身をすっぽり覆った女性。プレッツェルの屋台から飛んだ緑色の風船がゆらゆらと空に昇っていく。音が車のなかまで侵入してくる。うわついた叫び声、海の底の地鳴りのような車の走行音、自転車のベルの玉を転がすような響き。色の洪水、音の嵐。まるで珊瑚礁《さんごしょう》にもぐっているようだ。

「よし、行け行け」リトルがつぶやき、車がひと揺れして走りだす。

これがわたしのなれの果てなの？　昼時のありふれた風景をグッピーみたいにぽかんと口を開けて見つめる女？　奇跡みたいに出現した高級スーパーに感激する、別世界からの訪問者？　ドライアイスで保存された脳味噌のどこか奥深くで、何かがうずいている。怒りをためこみ、抑圧された何か。頰がほのかに熱くなる。これがわたしのなれの果てなのだ。いまのわたしなのだ。

　薬を投与されていなかったら、わたしは叫んでいただろう──ウィンドウが粉々に割れて飛び散るまで。

38

「さて」リトルが言う。「次を曲がれば到着だ」

　車は角を曲がってわたしの家がある通りに入る。わたしの住む通り。

　一年ぶりに目にする、わたしの通り。角のカフェ──いまも変わらずあって、出てくるコーヒーもきっと変わらず苦すぎるのだろう。そのとなりの家──あいかわらず消防車みたいに真っ赤で、窓のプランターのキクの花が満開だ。その真向かいの骨董店──暗くどんよりとして、店先に〈貸店舗〉の札が貼られている。聖ディンプナ女子学院──依然として打ち捨てられたままだ。

並木の裸の枝が作るアーチをくぐって先に進むにつれて、目に涙がにじんだ。わたしの通り。四季を経た、いつもどおりの道。なのに、見たことがない。

「何を見たことがないんです？」リトルが言った。

考えただけでなく、声に出していたらしい。

道の向こう端が近づいてきて、わたしは固唾《かたず》をのむ。わたしたちの家が見えてきた。わたしの家。黒塗りの玄関ドア。ノッカーの上に真鍮の数字で表示された番地、〈２１３〉。ドアの左右にステンドグラスの縦長の窓、その両側にオレンジ色の電球が入った対の玄関灯。四階あるそれぞれのフロアに並ぶ窓は、うつろな視線をまっすぐ前に向けていた。石張りの壁はわたしの記憶にあるほど艶やかではなく、窓の下には涙の跡のような汚れの細い滝ができている。屋上の縁から朽ちた格子がちらりとのぞいていた。窓ガラスはどれも清掃時期をとうに過ぎている。こうして通りからちょっと見ただけでも、黒い汚れがこびりついているのがわかった。「この通りで一番見栄えのいい家だ」とエドはよく言っていた。そのたびにわたしもうなずいた。

わたしたちは老いた。家も、わたしも、どちらも衰えた。

車は停まらずに走り続け、公園も通り過ぎた。

「そこなのに」わたしはリトルに言って、バックシートのほうに手を振った。「わたしの家はそこなのに」

「これからとなりの一家に話を聴きに行きます。一緒に来てもらえますかね」リトルはそう説明しながら車を歩道際に停め、エンジンを切った。

「無理よ」わたしは首を振る。どうしてわかってくれないの？　「家に帰らなくちゃ」シートベルトをはずそうとして手間取った。でも、たとえはずれて車の外に出られたとしても、問題の解決にはならないことに思い至った。

リトルがわたしに視線をよこし、ハンドルに手をすべらせた。「さて、どうしたものかな」わたしの意見を求めるというより自問するような調子だ。

どうでもいい。どうだっていい。わたしを家に帰して。向こうがわたしの家に来ればいいじゃないの。三人とも連れてきて、ぎゅうぎゅうに押しこめばいい。町内パーティみたいで楽しいんじゃない？　だから、いますぐわたしを家のなかに入れて。お願いだから。

リトルはまだわたしを見ている。その表情で悟った。またしても考えるそばから口に出していたのだ。いたたまれなくなって、わたしは自分の内側に身をひそめた。

そのとき、ウィンドウを叩く音がした。軽快ですばやいリズム。わたしは顔を上げた。女性がこちらをのぞきこんでいた。とがった鼻、浅黒い肌。ハイネックのセーターにロングコート。「おお、ちょっと待て」リトルは言い、助手席側のウィンドウを下ろそうとした。わたしはすくみ上がった。か細い声が喉から漏れる。リトルは下ろしかけたウィンドウを元どおりに閉めると、運転席から路上に降り、ドアを静かに閉めた。

　リトルと女性は車のルーフ越しに言葉を交わしている。わたしの耳は、断片をいくつか聞き取った――刺される現場、混乱、ドクター。わたしは水面下にもぐり、目を閉じてシートに沈みこむ。空気が凪《な》いで静まり返る。魚の群れが行き交う――精神分析医、家、家族、独り暮らし。わたしの意識は漂い始めた。片方の手でもう一方の袖をぼんやりなでる。指がローブの内側にもぐりこみ、お腹のたるんだ肉をつまむ。

　警察車両に一人乗せられ、腹の贅肉をもてあそぶ女。人はここまで落ちぶれるものなのか。

　一分ほどたって――それとも一時間？――話し声が聞こえなくなった。目を片方だけほんの少し開けて、様子をうかがった。女性がわたしを見下ろして――にらみつけていた。わたしは即座に目を閉じた。

　運転席側でかちゃりと音がして、リトルがドアを開けた。冷たい外気が流れこみ、わたしの脚を舐め回し、車内をあちこち探索したあと、くつろいだ様子で居座った。

「ノレッリ刑事はわたしのパートナーでして」リトルの声が聞こえた。黒土みたいに豊かで温かな声に、火打ち石のように冷たく硬いかけらが混じっている。「あなたの事情を伝えました。これから何人かあなたの家に案内すると言っています。かまいませんね？」

わたしは顎を引き、また持ち上げる。

「けっこう」リトルが運転席に乗りこみ、車があえぎ声を漏らす。彼の体重はどのくらいあるのだろう。わたしの体重はいまどのくらいあるのだろう。

「目を開けたほうがよくないかな」リトルが訊く。「それとも、そのほうが楽ですか」

わたしはまた顎を引く。

ドアがかちりと閉まり、エンジンが息を吹き返し、リトルがギアを〈R〉に入れて、車は後退を始め――バック、バック、バック――舗装の継ぎ目で息継ぎをしたあと、ブレーキをかけて停まった。リトルがふたたびエンジンを切る。

「着きましたよ」リトルの声でわたしは目を開け、ウィンドウから外をのぞく。

着いた。家がわたしを見下ろしている。黒い口のような玄関、そこから伸びた舌みたいな階段。最上階の窓のコーニスはまっすぐな眉だ。オリヴィアはいつも、ブラウンストーンを張った家に顔があるかのように話すけれど、この角度から見ると、なるほど納得がいく。

「いいお宅だ」リトルが言った。「大邸宅だな。四階建て？　いや、あれは地下室？」

わたしは首を縦に動かす。

「とすると、五階建てか」短い間が続く。枯れ葉が一枚、助手席側のウィンドウめがけて急降下してきて、表面をかさかさとなぞりながら落ちていった。「こんな大きな家に、一人きりで？」

「間借り人が一人」わたしは言った。

「へえ、その人はどこに？　地下？　それとも最上階？」

「地下」

「間借り人は在宅ですかね」

わたしは肩をすくめた。「いたりいなかったり」

沈黙。リトルの指がダッシュボードの上でタップダンスを踊った。わたしは顔を運転席側に向けた。わたしが見ていることに気づいて、リトルが笑顔を作った。

「あなたはそこで発見されたんですよ」そう言って公園のほうに顎をしゃくる。

「知ってます」わたしはもごもごと答える。

「いい公園だ」

「そうね」

「いい住宅街だ」

「ええ。何もかもいいところよ」

リトルはまた笑顔を作った。「さて」それから、わたしの後ろに視線を移した。わたしの肩越しに、家の目の奥をのぞきこむようにしている。「この鍵で玄関も開きますか。それとも、救急隊がゆうべ出入りした勝手口だけ？」キーリングを指に引っかけて、わたしの家の鍵をぶらぶらさせた。

「両方」わたしは答えた。

「了解。さて」リトルはキーリングを指にかけたまま鍵をくるりと回した。「担いで運ぶしかなさそうかな」

39

担いで運ぶまでのことではなかったが、車のシートから引き起こし、手を引いてゲートを通り抜け、抱え上げるようにして階段を上らせてもらうはめにはなった。わたしはフットボール競技場サイズのリトルの背中に腕を回してしがみつき、なかば引きずられるような格好で玄関に向かった。ちょっとそこまで散歩という風情で、手首に傘をひょいと引っかけて。薬で朦朧としたうつけ者のそぞろ歩き。

太陽の圧力でまぶたが陥没しそうだ。階段を上りきったところでリトルが鍵穴に鍵を差し、押す。ドアが音もなく開き、勢い余って壁にぶつかって、ガラスががたがた震えた。

近所の人たちは見ているだろうか。徳用サイズの黒人男性がわたしを家に引きずりこむところを、ミセス・ワッサーマンは目撃しているだろうか。いまごろはもう警察に電話をかけているだろう。

玄関ホールには、わたしとリトルがいっぺんに収まるだけの広さがなく、わたしは片側に押しやられた。肩が壁に食いこんで身動きできない。リトルが足でドアを閉めると、急に日が暮れたみたいに暗くなった。わたしは目を閉じ、リトルの腕に頭をもたせかける。鍵が二つめの鍵穴に差しこまれた。

次の瞬間、感じた——リビングルームのぬくもり。においも届いた——家にこもった空気のにおい。

音も——猫の不満げな声。

猫。そうだった、パンチのことをすっかり忘れていた。

目を開ける。何もかも、わたしが外の世界に飛び出したときのままだった。食洗機の扉は全開、ソファの上にはもつれ合った毛布、テレビはつけっぱなしでほのかに光を放ち、『潜行者』のＤＶＤメニューが凍りついていた。コーヒーテーブルには、陽射しを浴びて光り輝いているワインの空きボトルが二本、薬の小さなプラスチック容器が四つ。一つは酔いつぶれたみたいに突っ伏している。

我が家だ。胸のなかで心臓がぽんとはじけそうになる。安堵のあまり涙にむせんでしまいそうだ。

傘が、腕をすべって床に落ちる。

リトルはわたしをキッチンテーブルに誘導しようとしたが、わたしはオートバイ乗りみたいに手信号で左を指し示した。わたしたちは進路を変更してソファを目指す。パンチはソファのクッションの陰にもぐりこんでいた。

「さあどうぞ」リトルは言い、わたしをソファに座らせた。パンチは人間たちの様子をうかがっている。リトルがソファから離れると、体をふくらませて斜めにし、毛布のあいだを通ってわたしに近づいた。そこでリトルに向き直り、しゃあと威嚇した。

「やあ、こちらこそ初めまして」リトルが冗談めかして応じた。

わたしはソファに身を沈めた。心臓がゆったりとしたリズムを取り戻し、全身を巡る血液が喜びの歌を小さく歌っているのが聞こえるようだった。何秒かが穏やかに流れた。わたしはローブを両手で握り締め、波立っていた気分が落ち着くのを待った。我が家だ。安全だ。安全だ。我が家だ。

パニックは、水のように流れ出ていった。

「ここに人が入ったのはなぜ？」わたしはリトルに尋ねた。

「え、何ですって？」

「救急隊がこの家に入ったって話だったから」

リトルが眉を吊り上げた。「あなたを公園で見つけた。この家の勝手口が開きっぱなしになっていた。何が起きたか、確かめる必要が生じた」

わたしが何か言う前に、リトルはサイドテーブルに飾ってあるリヴィの写真に目を向けた。「お嬢さん？」

わたしはうなずいた。

「ここに？」

わたしは首を振った。「父親と一緒に」ぼそぼそと説明する。

今度はリトルがうなずく番だった。

それから向きを変え、ふと動きを止め、コーヒーテーブルの上の光景をまじまじと観察した。「誰かここでパーティでも開いたのかな」

わたしは息を吸い、吐いた。「それは猫」わたしは言った。どこかで聞いたようなせりふだ。〝なんとまあ驚いた！　いまのは何だ？　静かなるもの、それは猫〟。シェイクスピア？　わたしは眉間に皺を寄せる。シェイクスピアじゃない。ちょっとお茶目すぎて似合わない。

わたしにもお茶目すぎたようだ。その証拠に、リトルはにこりともしていない。「これ、みんなあなたが？」ワインのラベルに目を凝らしている。「いいメルローだ」

ソファの上で、わたしは身じろぎする。いたずらを見つかった子供の気分だった。「ええ。ただ……」見て想像するほど酔っ払ったわけじゃない？　実を言うと、見て想像する以上に酔っ払っていた？

リトルはポケットに手を入れ、若くて美人なドクターが処方してくれたアチバンのプラスチック容器を取り出した。コーヒーテーブルに置く。わたしは口のなかでありがとうとつぶやいた。

そのとき、脳のなかの深い川底に沈んでいた何かが流れに押されて水面に浮かび上がった。

死体。

ジェーン。

わたしは口を開けた。

このとき初めて、リトルの腰のホルスターに銃があることに気づいた。いつだったか、ミッドタウンで騎馬警官に遭遇したとき、オリヴィアがぽかんと口を開けて見とれたことがある。まるまる十秒たったころ、オリヴィアがうっとりと見つめているのは馬ではなく、警官が携帯している銃だとわかった。わたしは頬をゆるめてオリヴィアをからかった。ところがいま、手を伸ばせば届くところに銃があるのに、わたしの顔に笑みは浮かばない。

わたしが銃を見ていることに気づいて、リトルはジャケットの裾を直して銃を隠した。まるでシャツの胸もとから谷間をのぞかれていることに気づいた女性のようだ。

「となりの家の彼女はその後どうなったの？」わたしは尋ねた。

リトルはポケットから携帯電話を取り出して目の前に持ち上げた。目が悪いのだろうか。それから画面をスワイプし、手を体の脇に下ろした。

「この広い家で独り暮らしか」リトルはキッチンに歩いていく。「そうか、間借り人もいるんでしたね」わたしが正す前に、リトルはそう付け加えた。「そこのドアが地下室の入口ですかね」親指でドアを指す。

「そうです。となりの家の彼女はどうなったの？」

リトルはまた携帯電話を確かめた。そこで立ち止まり、前かがみになった。身長百メートルほどの体をふたたび起こしたとき、右手には猫の飲み水のボウルを、左手には固定電話の子機を持っていた。一方を見て、もう一方を見る。どちらからいくか、比較検討しているといった風だった。「猫ちゃんは喉がからからでしょうね」そう言って流しの前に立った。

リトルの姿がテレビ画面に映っている。蛇口から水が流れる音がした。片方の瓶の底にメルローの浅い池がある。リトルに気づかれずにあれを喉に流しこむ手はないか。

水のボウルが床に置かれる音がした。リトルは子機を充電台に戻し、小さなディスプレイに表示された文字を目を細めて読んだ。「バッテリー切れ」

「知ってる」

「言ってみただけです」リトルは地下室のドアに近づいた。「ノックしてもかまいませんかね」わたしはうなずいた。

指の関節でノックする。たん・たた・たん・たん。それに続くはずの〝たん・たん〟というリズムか、または声の応答が聞こえるのを待つ。「地下室の住人の名前は？」

「デヴィッド」

またノックする。応答はない。

リトルがこちらを向く。「あなたの電話はどこです、ドクター・フォックス？」

わたしは目をしばたたいた。「電話？」

「携帯電話」自分の電話を振ってみせる。「お持ちでしょう」

わたしはうなずいた。

「救急車で運ばれたときは持っていなかった。いまどきの人は、一晩中チェックできずにいたら、いの一番に携帯電話に突進しますから、ちょっと疑問に」

「わからない」どこだろう。「あまり使うことがないから」

リトルは何も言わない。

もう我慢ならない。わたしは絨毯に足を下ろすと、勢いをつけて立ち上がった。部屋がぐらぐら揺れた。皿回しの皿みたい。でもすぐに治まって、わたしはリトルの目をまっすぐに見据えた。

でかしたというように、パンチが小さく鳴いた。

「大丈夫ですか」リトルがこちらに足を踏み出す。「平気ですか」

「平気よ」ローブの前が開いていた。わたしは胸もとをかき合わせ、ベルトをきゅっと引いて結んだ。「となりの彼女はあれからどうなったの？」ところがリトルは急に立ち止まって携帯電話に目を落とした。

わたしはもう一度訊いた。「となりの彼女は――」

「来るそうです」リトルが言った。「たったいまとなりを出たそうです」それから、押し寄せる大波のようにキッチンを横切っていきながら、視線をぐるりと巡らせた。「あの窓ですか。となりの女性が見えたのは」窓を指さす。

「そうです」

リトルは長い足を大きく踏み出して流しの前に立ち、カウンターに両手をついて、外をのぞいた。わたしは窓を埋め尽くした大きな背中を見つめた。それからコーヒーテーブルを見て、散らかったものを片づけようとした。

リトルが振り向く。「そのままで。テレビもつけたままにしておいてください。その映画は？」

「昔のサスペンス映画ですけど」

「サスペンス映画がお好きですか」

わたしはそわそわと体を動かした。ロラゼパムの効き目が切れかけているのだろう。

「好きですけど。どうして片づけちゃいけないの？」

「となりの女性が刺されるのを目撃したとき、ここで何が起きていたか、正確に把握したいからです」

「となりの彼女に何が起きたかのほうがよほど大事じゃない？」

リトルは無視して続けた。「猫をどこかに隔離したほうがいいんじゃないかな。人間嫌いのようだから。誰かを引っ掻いたりしたら面倒だ」リトルは流しに向き直り、グラスに水を汲んだ。「さあ、飲んで。水分を多めにとっておいたほうがいい。精神的な大打撃を受けたあとですから」キッチンを横切ってきて、グラスを手渡す。その物腰には思いやりが感じられた。わたしの頬をそっとなでたりするのではないかと思った。

わたしはグラスに口をつけた。

玄関のブザーが鳴った。

40

「ミスター・ラッセルをお連れしました」ノレッリ刑事は、見ればわかることをわざわざ宣言した。

ノレッリの声は細く、やけに少女っぽい。高層ビルなみのハイネックセーターに強気なレザーコートという出で立ちとは、ちぐはぐもいいところだった。室内にさっと目を走らせたあと、ガラスも切れそうな鋭い視線をわたしに向けた。自己紹介はしない。〝優しい刑事と厳しい刑事〟の役を割り振るなら、間違いなく厳しい刑事だ。そう思うと同時に、リトルの温厚さは上っ面だけのものだったようだと悟って気が滅入った。

ノレッリに続いてアリステアが入ってきた。チノパンツにセーターというこざっぱりとした服装だが、喉の筋肉が一つ、弓の弦のようにぴんと張り詰めている。もしかしたらいつもああなのかもしれないけれど。アリステアはわたしを見て微笑んだ。「こんにちは」軽く驚いているような声だった。

予想外のことだった。

わたしは動揺した。不安に駆られた。ただでさえまだ頭がちゃんと働いていない。ガソリンに砂糖を混ぜられて焼きついたエンジンみたいだ。そこにアリステアに微笑みかけられ、完全に劣勢に立たされた。

「大丈夫ですか」リトルは玄関ホールのドアを閉め、わたしのとなりに来た。

わたしは曖昧に首を動かす。イエス。ノー。

リトルはわたしの肘をそっと支えた。「椅子に――」

「どうかしましたか」ノレッリが眉をひそめている。

リトルが片手を上げた。「大丈夫だ――大丈夫だよ。鎮静剤を投与されているんだ」

わたしは頬がかっと熱くなるのを感じた。

リトルはわたしをキッチンの奥まった空間に連れていくと、テーブルの椅子に座らせた——マッチが一箱空になるまでジェーンが煙草を吸ったテーブル、わたしたちがお粗末なチェスをプレイしながら子供の話をしたテーブル、ジェーンがわたしに夕陽の写真を撮らせたテーブル。アリステアや自分の過去について、ジェーンが打ち明け話をしたテーブル。

ノレッリは携帯電話を手に、キッチンの窓の前に立った。「ミズ・フォックス」

リトルが訂正した。「ドクター・フォックスだ」

ノレッリは誤作動を起こしたみたいに一瞬固まったあと、初めからやり直した。「ドクター・フォックス、リトル刑事から聞くところでは、あなたは昨夜、何かをごらんになったとか」

わたしはドアの脇にぽつんと立ったままでいるアリステアにちらりと視線を投げた。

「隣家の住人が刺されるところを見ました」

「隣家の住人というのは？」ノレッリが訊く。

「ジェーン・ラッセルです」

「窓から見たんですね」

「そうです」

「どの窓でしょう」

わたしはノレッリの背後を見た。「その窓よ」

ノレッリの視線がわたしの指さす先をたどる。ノレッリの瞳は陰翳《いんえい》がなく、暗くて表情に乏しい。その目が文章を読むようにラッセル家を左から右になぞった。

「刺した人物を見ましたか」ノレッリは外を見つめたまま言った。

「いいえ、でも血を流しているのを見たし、胸に何か刺さっているのも見ました」

「何が刺さっていたんですか」

わたしは椅子の上で身じろぎした。「何か銀色のもの」ねえ、こだわるポイントはそこ？

「銀色のもの？」

わたしはうなずいた。

ノレッリもうなずく。それからこちらを向いてわたしを見つめ、次にわたしの背後、リビングルームを見つめた。「ゆうべは誰と一緒でしたか」

「わたし一人ですけど」

「じゃあ、そこのテーブルのものは全部あなたの？」

わたしはまた身じろぎする。「そうです」

「わかりました、ドクター・フォックス」ノレッリの目はリトルを見ていた。「いまから――」

「彼の奥さんが――」わたしは片手を上げた。アリステアがこちらに踏み出そうとしていた。

「その前に」ノレッリが進み出て、テーブルの上のわたしのすぐ前に携帯電話を置いた。「いまから再生するのは、昨夜十時三十三分にあなたが九一一番に緊急通報したときの録音です」

「彼の奥さんが――」

「これでいくつもの疑問が解消されると思いますから」ノレッリは長い指で画面をスワイプした。小さなスピーカーを通したときに独特の、金属的な響きの声が大音量で流れ出した。「九一一番通信指令センターです。どう――」

ノレッリはびくりとし、親指で画面をなぞって音量を落とした。

「――しましたか」

「となりの家」ヒステリックな声。「となりの家の女性――刺されたみたい。どうしよう。助けて」わたしだ――わたしが話しているのだとわかる。でも、自分の声とは思えない。舌がもつれ、言葉が一緒くたに溶け合っている。

「落ち着いてください」のんびりとした声。いま聞いてもやはり焦れったい。「そちらの住所は？」

わたしはアリステアの顔を見た。次にリトルの顔を見た。二人とも、ノレッリの電話にじっと目を注いでいた。

ノレッリはわたしを見ている。

「隣家の女性が刺されたんですね？」

「そうです。助けて。血を流してるの」わたしは顔をしかめた。何を言っているのか、ほとんど聞き取れない。

「え？」

「〝助けて〟と言ったの」咳をする音。湿った、ごほごほという音。いまにも泣きだしそうだ。

「救急隊が向かっています。まずは落ち着いてください。あなたのお名前を教えていただけますか」

「アナ・フォックス」

「アナですね。では、アナ、隣家の女性の名前は？」

「ジェーン・ラッセル。ああ、どうしよう」しゃがれた声。

「いまジェーンと一緒ですか」

「いいえ。ジェーンは——公園をはさんだ向かいの家にいる」

アリステアの視線を感じた。わたしはその視線を真正面から受け止めた。

「アナ、あなたが隣家の女性を刺したんですか」

短い間があった。「え、何？」

「あなたが隣家の女性を刺したんですか」

「まさか」

いまはリトルもわたしの顔を見ていた。三人ともわたしに注目している。わたしは身を乗り出してノレッリの携帯電話に見入った。画面が暗くなったが、音声の再生は続いた。

「わかりました」

「たまたま窓の外に目を向けたら、刺されるところが見えただけ」

「わかりました。刺した人物が誰なのかわかりますか」

また沈黙があった。さっきより長い。

「もしもし？　刺した人物が誰——」

がりがり、ごそごそという音。電話が落ちたのだ。上の寝室のカーペットの床に。つまり、わたしの携帯電話のありかはきっとそこだ。遺棄された死体みたいに、いまもぽつんと置き去りにされているのだろう。

「もしもし?」

応答なし。

顔を上げてリトルを見た。リトルはもうこちらを見ていなかった。

ノレッリはテーブルに身を乗り出し、画面をスワイプして再生を停止した。「通信指令員はこのあとも六分間、電話をつないだままでいました。救急隊から、現場に到着したという報告が入るまで」

〝現場〟か。現場を見て、何がわかったのだろう。ジェーンにいったい何が起きた?

「わたしには理解できない」急に疲れを感じた。空っぽになってしまったような疲労感。キッチンにのろのろと視線を巡らせた。食洗機のかごいっぱいに立てられているカトラリー、リサイクル用くず入れで崩れかけている空きボトルの山。「だって、あの人に何が——」

「何も起きていないんですよ、ドクター・フォックス」リトルが静かな声で言った。「誰にも、何も」

わたしはリトルを見た。「どういう意味?」

リトルはスラックスの膝をちょっと持ち上げると、わたしのすぐとなりにしゃがんだ。

「うまいメルローをあんなに飲んで、薬もあんなにのんでいた。サスペンスものの映画も見た。それで、もしかしたら、ちょっと気持ちが高ぶってしまって、ありもしないものを見たということかもしれませんね」

わたしは彼を凝視した。

リトルが目をしばたたく。

「想像の産物だと言うの？」わたしの声はこわばっていた。

リトルは大きな頭を振った。「いやいや、そうじゃない。刺激が多すぎたんじゃないか、ちょっと頭が混乱したんじゃないかと言っているだけです」

わたしはぽかんと口を開けた。

「処方されている薬には副作用がありますか」リトルが訊く。

「あるわ」わたしは答える。「だけど――」

「幻覚が出たりは？」

「知らない」本当は知っている。副作用の一つに幻覚が含まれていることを知っている。

「病院の先生によると、あなたが服用している薬で幻覚が出る場合もあるようですね」

「幻覚なんかじゃないわ。本当に見たのよ」ふらつきながらも立ち上がろうとした。パンチが椅子の下から飛び出してリビングルームに逃げていく。

リトルは両手を上げた。荒れた掌は、大きくて平らだった。「でも、通報の録音を聞きましたね。話をするのもやっとという風だった」

ノレッリが一歩前に出る。「病院で検査したところ、血中アルコール濃度は〇・二二でした。酒気帯び運転と見なされる数値のおよそ三倍です」

「だから？」

ノレッリの背後で、アリステアの目がせわしなく動いて発言者を追う。

「幻覚なんかじゃありません」わたしは噛みつくような声で言った。言葉は口から出たとたんに勢いを失い、刑事たちの前に転がり落ちた。「想像の産物じゃない。わたしの頭はおかしくなんかない」

「ご家族は一緒に住んでいないんでしたね」ノレッリが言った。

「それは質問なの？」

「ええ、質問です」

アリステアが口をはさむ。「息子から、離婚したと聞きましたが」

「別居してるの」わたしは反射的に訂正した。

「ミスター・ラッセルからうかがったところでは」ノレッリが言う。「近所の誰もあなたの姿を見かけたことがないとか。ほとんど外出されないようですね」

わたしは黙っていた。何もしなかった。

「それを考えると、また別の可能性も浮上しますね」ノレッリは続けた。「あなたは注目を求めていた、とか」

わたしは後ずさりした。キッチンカウンターにぶつかる。ローブの前が開いた。

「友達もいない、家族も同居していない。お酒を飲みすぎて、ちょっと騒ぎを起こしてやろうと思いついた」

「作り話だと思うの？」わたしは前に出て叫んだ。

「ええ、そう思います」ノレッリがうなずく。

リトルが咳払いをした。「ひょっとしたら」穏やかな声だった。「家にこもりきりで、少し不安定になっていたのではないかな――いや、わざとやったとは言いませんよ……」

「ありもしないことを言ってるのはそっちだと思うわ」わたしは震える指を二人に突きつけ、指揮棒のように振った。「作り話をしてるのはそっちよ。わたしは見たの。血まみれになった彼女を見た。そこの窓から」

ノレッリは目を閉じ、ため息をついた。「いいですか、ミスター・ラッセルのお話では、奥さんは何日か前から留守にしていたそうです。それにあなたと奥さんはまだ一度も会っていないそうですよ」

沈黙。部屋の空気が電気を帯びたような気がした。

「奥さんはうちに来たわ」わたしは言った。ゆっくりと。はっきりと。「二度も」

「それは――」

「一度目は、わたしが玄関先で倒れたのを助けてくれたの。二度目は、ただふらっと遊びに来た。それに」――アリステアをにらみつける――「彼もうちに来たわ。奥さんが来なかったかと訊かれた」

アリステアがうなずいた。「お邪魔したのは事実ですが、わたしが探していたのは息子です。妻ではなく」喉仏が上下した。「そのときあなたは、誰も来なかったと言いましたよ」

「嘘をついたのよ。奥さんはそこのテーブルの椅子に座った。二人でチェスをした」

アリステアは助けを求めるようにノレッリを見た。

「それに、あなたに脅されて、奥さんは悲鳴を上げた」わたしは続けた。

ノレッリは、今度はアリステアを見た。

「この人は、悲鳴を聞いたと言うんですよ」アリステアが説明する。

「本当に聞こえたのよ。三日前」三日前で合っているだろうか。数え間違いかもしれない。

「イーサンも、あれはお母さんの悲鳴だと言ったわ」はっきりそう言ったわけではないが、そういう趣旨のことを言っていた。

「イーサンの話はいまはしないことにしましょう」リトルが言った。

わたしを取り囲むように立っている三人を見つめた。卵を投げつけた子供を連想する。悪ガキ三人組。

覚悟しなさい、ぎゃふんと言わせてやるんだから。

「じゃあ、どこなの？」わたしは胸の前で腕を組んだ。「ジェーンはどこ？　無事だって言うなら、ここに連れてきたらどう？」

三人が目を見交わす。

「どうしたのよ」ローブの前をかき合わせ、ベルトをきゅっと結び、また腕を組む。「早く連れてきなさいよ」

ノレッリがアリステアに顔を向けた。「すみませんが……」そう小声で言うと、アリステアはうなずき、リビングルームに行ってポケットから携帯電話を取り出した。

「話がすんだら」わたしはリトルに言った。「全員、わたしの家から出ていってちょうだい。あなたはわたしがありもしないものを見たつもりになってると思ってるのよね」リトルがたじろぐ。「あなたはわたしが嘘をついてると思ってる」ノレッリは何の反応も示さなかった。「あの人は、わたしは奥さんに一度も会ったことがないと言う。実際には二度も会ってるのに」アリステアは電話の相手にぼそぼそと何か伝えている。「だったらきちんと教えてもらいたいものよね。ここに来たのは誰でいつどこに――」話しているうちにわけがわからなくなった。わたしはいったん間を置いて頭から言い直した。「ここに来たのは、じゃあ、いったい誰だったのか教えてもらいたい」

アリステアがこちらに戻ってきた。「少し時間がかかります」そう言って携帯電話をポケットにしまった。

わたしはアリステアを見据えた。「ええ、時間がかかるでしょうね、たっぷりと」

誰も口を開かない。わたしは視線を巡らせた。自分の腕時計に目を落とすアリステア。黙ってパンチを観察しているノレッリ。リトルだけがわたしを見ていた。

二十秒が過ぎた。

さらに二十秒。

わたしはため息をつき、組んでいた腕をほどいた。

時間の無駄だ。だってジェーンは――

玄関のブザーが鳴った。

わたしは首をねじってノレッリを見た。次にリトルを見た。

「わたしが出ましょう」アリステアがドアのほうを向く。

わたしはその場に固まったまま目で追った。アリステアはまずオートロック解除のボタンを押し、ドアノブをひねって玄関ホールのドアを開け、一歩脇に下がった。

短い間があって、イーサンが入ってきた。目を伏せている。

「息子はもうご存じですね」アリステアが言った。「で、こちらが家内です」〝家内〟が入ってくるのを待って、ドアを閉める。

わたしはアリステアを見た。〝妻〟を見た。

生まれてこのかた一度も会ったことのない人だった。

41

その人は、背は高いが華奢な体つきをしていて、彫りの深い顔立ちを艶やかな黒髪が縁取っている。眉山がくっきりとアーチ形を描いた細めの眉、灰色がかった緑色の瞳。冷ややかな視線をわたしに向けたあと、キッチンを横切ってきて手を差し出した。

「お目にかかるのは初めてでしたね」

低くて魅惑的な声、バコールみたいな声。わたしの耳のなかに入ってどろりと凝固した。わたしは動かなかった。動けない。

彼女の手は差し出されたまま、わたしの胸の前に突きつけられたままだった。一瞬の間をおいて、わたしはその手を払うように手を振った。

「この人は誰？」

「おとなりの奥さんですよ」リトルの声は悲しげに聞こえた。

「ジェーン・ラッセル」ノレッリが言う。

わたしは彼女を見た。それからリトルを見た。もう一度彼女に視線を戻す。

「違う。あなたじゃないわ」わたしは言った。

彼女が手を引っこめた。

わたしは刑事たちに向き直った。「違うわ、この人じゃない。なのに、何を言ってるわけ？　この人はジェーンじゃないわ」

「わたしが保証します」アリステアが口を開いた。「彼女が――」

「保証なんてする必要はありませんよ、ミスター・ラッセル」ノレッリがアリステアに言った。

「わたしい、わたしが保証したら、納得してもらえるかしら」彼女が訊く。

わたしは彼女に向き直り、詰め寄った。「あなた誰？」ギザギザの刃みたいに恐ろしげな声が出た。彼女とアリステアが足と足を枷《かせ》でつながれているかのようにそろって後ずさりをするのを見て、内心でほくそ笑んだ。

「ドクター・フォックス。ちょっと落ち着きましょうか」リトルがそう言ってわたしの腕に手を置いた。

殴られたような衝撃を覚えた。とっさにリトルの手を振り払って顔をそむけた。ノレッリからも逃れる。わたしはキッチンの中心にいて、刑事二人は窓の前に突っ立ち、アリステアと見知らぬ女性はリビングルームに退却していた。

わたしは二人のほうに足を踏み出した。「ジェーン・ラッセルには二度会ってるの」ゆっくりとそっけなく言った。「あなたはジェーン・ラッセルじゃないわ」

女性は今度はたじろがなかった。「運転免許証を見せましょうか」そう言ってポケットに手を入れる。

わたしは首を振った。ゆっくり、そっけなく。「運転免許証なんて見せてもらわなくてけっこう」

「ドクター・フォックス」ノレッリの大きな声が聞こえて、わたしは肩越しに振り返った。ノレッリがこちらに来て、わたしと女性のあいだに立つ。「そのくらいにしましょう」

アリステアは目を丸くしてわたしを見つめている。女性はまだポケットに手を入れたままでいた。その後ろにいたイーサンは、寝椅子に座っていた。足もとでパンチが体を丸くしている。

「イーサン」わたしは呼びかけた。イーサンが視線を上げてわたしを見る。前に出ろと言われるのを待っているかのようだった。「イーサン」わたしはアリステアと女性のあいだに割りこんだ。「これはどういうことなの？」

イーサンがわたしを見る。すぐにまた目をそらした。

「この人はあなたのお母さんじゃないわ」わたしはイーサンの肩にそっと触れた。「あなたからもそう言って」

イーサンは首をかしげ、左を見た。歯を食いしばり、ぐっと喉を鳴らす。指で別の指の爪をこする。「ぼくのお母さんには会ったことがないはずです」もごもごとそう言った。

わたしは手を引っこめた。

のろのろと向きを変える。頭が真っ白になっていた。

次の瞬間、全員が同時に口を開いた。ちょっとしたコーラスのようだった。「あの、わたしたちは――」アリステアが言い、玄関ホールのドアにうなずく。ノレッリは「話は以上です」と言い、リトルはわたしに「少し休んだほうがいい」と言った。

わたしは三人を見て目をしばたたいた。

「わたしたちは――」アリステアがまた訊く。

「ありがとうございました、ミスター・ラッセル」ノレッツリが言った。「ミセス・ラッセル」

アリステアと女性は警戒するようにわたしを見た。麻酔を打たれたばかりの動物を見るような目だった。それからドアのほうに歩きだした。

「帰るぞ」アリステアが鋭い声で言った。イーサンは一心に床を見つめたまま立ち上がり、猫をまたいだ。

逃げるように出ていく三人のあとに、ノレッツリが続いた。「ドクター・フォックス、嘘の緊急通報は犯罪です」わたしに向かって言った。「わかりましたね？」

わたしはノレッツリを見つめた。たぶん、軽くうなずいたと思う。

「けっこう」襟もとをかき合わせる。「話は以上です」

ノレッツリが出ていき、ドアが閉まった。玄関のドアが開く音が聞こえた。

わたしとリトルだけが残された。わたしはリトルのウィングチップの靴を見た。黒くて先端がぴんととがっている。それから、（なぜか――なぜ？）今日のイヴとのフランス語のレッスンをすっぽかしてしまったことを思い出した。

わたしとリトルの二人きり。二人《レ・ドゥ》。

かちゃり、玄関のドアが閉まる音がした。

「わたしが帰って、一人になっても大丈夫ですかな」リトルが訊いた。

わたしはぼんやりとうなずいた。

「話し相手になってくれそうな人はいますか」

わたしはまたうなずいた。

「これを」リトルは胸ポケットから名刺をつまみ出してわたしの掌に載せた。わたしはそれを見た。薄っぺらいカードだった。〈ニューヨーク市警　刑事　コンラッド・リトル〉。電話番号が二種類。メールアドレスが一つ。

「何かあったら電話してください。いいですか」わたしは顔を上げた。「電話してくださいよ。いいですね」

わたしはうなずいた。

「いいですね？」

ほかの言葉を乱暴に押しのけて、返事が舌の上を猛スピードで駆け抜けた。「わかりました」

「よし。昼でも夜でもかまいませんから」携帯電話を一方の手からもう一方に移す。「さっき話したとおり、子供が三人もいますからね。どうせ夜も眠れない」また最初の手に戻す。わたしが見ていることに気づいて、やめた。

視線がからみ合う。

「お大事に、ドクター・フォックス」リトルは玄関ホールに出ると、そっとドアを閉めた。

玄関が開く音がふたたび聞こえた。そしてふたたび、閉まる音がした。

42

突然の、のしかかってくるような静寂。世界はブレーキをかけて停止した。

今日初めて、一人きりになった。

室内を見回す。傾きかけた陽射しを受けてきらめくワインの空きボトル。キッチンテーブルに対して斜めに置かれた椅子。ソファの周囲をパトロールしている猫。

光のなかをのんびり漂っている埃。

ふらふらと玄関ホールのドアに近づいて、鍵をかけた。

振り返り、ふたたびリビングルームを見る。

たったいまのできごとは、現実にあったことなの？

たったいま何が起きたの？

キッチンに入り、ワインを一本掘り出す。オープナーをねじこみ、コルク栓を抜く。グラスに気前よく注ぐ。口もとに運ぶ。

ジェーンのことを考える。

グラスが空になり、ボトルにじかに口をつけて傾ける。ごくり、大きくひと口。

さっき来た女性のことを考える。

ものの隙間を縫い、移動速度を少しずつ上げながらリビングルームに向かう。掌に錠剤を二つ振り出す。錠剤は踊るように喉をすべり落ちた。

アリステアのことを考える。〝こちらが家内です〟

突っ立ったままワインを威勢よくあおると、むせた。

ボトルを置いたところで、イーサンのことを考えた。目をそらしたこと、顔をそむけたこと。訊かれたことに答える前に、唾をのみこんだこと。爪をいじったこと。ぼそぼそと答えたこと。

嘘をついたこと。

あれは確かに嘘だ。わたしから目をそらし、左側を見た。答えるまでに一瞬の間があった。そわそわと爪をいじった。すべて嘘の兆候だ。あの子が口を開く前から、嘘をつこうとしているとわたしにはわかった。

でも、あの子は歯を食いしばっていた。それが示すものは、また別だろう。

あれは怯えている証拠だ。

43

携帯電話は寝室で見つかった。落としたときのまま、そこにあった。バスルームの戸棚に薬の容器を戻して、電話の画面をタップした。医師免許と処方箋を持つドクター・フィールディングが誰より適任なのはわかっているが、いまこの状況で頼ってもあまり意味がないだろう。

「来てもらえない？」相手が電話に出るなり、わたしは言った。

沈黙。「え？」困惑した声。

「うちに来てもらえない?」わたしはそう言いながらベッドにもぐりこんだ。

「いまから? そんな急に――」

「お願い、ビナ」

また沈黙があった。「そうね……九時か、九時半くらいになるけど。夕飯の約束があるから」

かまわない。「それでいいわ」横になった。枕が泡のように両耳を包む。窓の向こうで木の枝が揺れ、葉を落とす。葉は火の粉のように窓ガラスにぶつかってはじけ、どこかへさらわれていった。

「だいろぶなの」

「え?」テマゼパムがからみついて脳味噌の回転をにぶらせている。回路がショートし始めているのがわかった。

「大丈夫なのって訊いたんだけど」

「いいえ。ええ。詳しいことは会ってから」まぶたが重たくなって、落ちてくる。

「わかた。じゃーこんや」

そのころにはもう、わたしはばらばらに崩壊しながら眠りに落ちていた。

暗く、夢のない、限りある忘却の世界。やがて下の階でブザーがやかましく鳴り渡り、わたしは疲れきって目を覚ます。

44

ビナはあんぐりと口を開けてわたしを見た。

そのままだいぶ時間がたってから、ゆっくりと、でもしっかりと口を閉じた。まるで食虫植物みたいに。そのあとも何も言わずにいる。

わたしたちはエドの図書室にいた。わたしはウィングバックチェアの上でボールのように体を丸め、ビナは、ドクター・フィールディングがいつも座るクラブチェアにいて、排水管みたいに細い脚は座面の下で折りたたまれ、足首の周りにはパンチが煙のようにからみついている。

暖炉で炎が静かに燃えていた。

ビナの視線が動いて、小さく揺らめく炎を見つめた。

「いったいどれだけ飲んだのよ？」ビナが訊く。殴られるのではと警戒しているみたいな顔つきだった。

「幻覚を起こすほどの量じゃないわよ」

ビナはうなずいた。「わかった。でも、薬は……」

わたしは膝の毛布を両手で握り締める。「ジェーンに会ったのよ。二度も。別々の日に」

「そうだよね」

「あの家で家族と過ごしてるところだって見た。何度も」

「そうだよね」

「ジェーンが血を流してる姿を見たのよ。胸にナイフが刺さってた」

「それ、絶対にナイフだった？」

「ブローチとかじゃないのは絶対よ」

「あたしはただ——いいよ、そうだよね」

「カメラ越しに見たの。はっきりと」

「でも写真は撮らなかった」

「そうね、写真は撮らなかった。命を助けなきゃってことで頭がいっぱいだったから……証拠を残そうなんて考えは浮かばなかった」

「そうだよね」ビナは自分の髪にぼんやりと手をすべらせた。「なのに、誰も刺されてなんかいないって言われちゃったわけか」

「それだけじゃなく、ジェーンは別人だって言うのよ。別の誰かがジェーンだって」

ビナは長い指に髪をくるくると巻きつけた。

「それって……」ビナが言い、わたしは身構える。何を言われるか、予想がつく。「絶対に確かなの？　何かの行き違いとかそういう――」

わたしは身を乗り出す。「この目で見たのよ」

ビナは手を下ろした。「何て……何て言っていいのか」

ガラス片の上を歩くようにゆっくりと、わたしは続ける。「ジェーンにあんなことが起きたなんて、あの人たちは絶対に信じない」ビナにというより、自分に言い聞かせる。

「あの人たちがジェーンだと思ってる人は違うって納得しないかぎり」

意味の通る文章にはなっていない気がするのに、ビナはうなずく。

「だけど――警察だって確認したんじゃないの？　身分証か何かで」

「してない。してないのよ。夫の――彼女の〝夫〟の言葉で充分だと思ってる。そういうものでしょう？　疑う理由がないものね」パンチがカーペットの上を横切ってきて、わたしの椅子の下にもぐりこむ。「今日まで誰も彼女と会ったことがなかったのよ。引っ越してきてまだ一週間たつかどうかだし。彼女がどこの誰だとしても、他人にはわからない。親戚かもしれないし、愛人だってこともありうる。通販で買った花嫁なのかも」わたしはひと口飲もうとして、そもそも飲み物を用意していないことを思い出す。「でもね、わたしはジェーンが家族と一緒にいるところを見たの。イーサンの写真が入ったペンダントも見た。それに――イーサンにキャンドルを届けさせたのよ」

ビナはまたうなずく。

「で、夫の態度は――?」

「誰かを刃物で刺した犯人みたいな態度だったか? ぜんぜん」

「確かなんだよね、夫が……」

「夫が何?」

ビナは身をよじった。「犯人で間違いないんだよね」

「だって、ほかに誰がいる? 一人息子は天使みたいないい子よ。もしイーサンが――イーサンが誰かを刺すようなことがあるとすれば、相手はあの父親でしょうよ」わたしはまたグラスを取ろうとして空振りした。「それにね、直前に見たのよ、イーサンがパソコンの前に座ってる姿を。あのわずかな時間に階段を駆け下りてお母さんに斬りつけたというのでもないかぎり、イーサンは犯人じゃないわ」

「この話、ほかの人にもした？」

「まだ」

「ドクター・フィールディングには？」

「話すつもりでいる」エドにも。あとでエドと話をしよう。

しばし沈黙が流れた。聞こえるのは、暖炉でさざめく炎の気配だけだった。

ビナを──炎に照らされて銅色に輝く肌を見つめる。ビナはわたしに調子を合わせているだけなのだろうか。本心ではわたしの話を疑っているだろうか。とうてい信じがたい話ではある。そうだろう？　〝隣家のご主人が奥さんを殺し、いまはまったくの別人が奥さんのふりをしている。息子は怯えきって、本当のことを話せずにいる〟だなんて。

静寂。

「ジェーンはどこにいるんだと思う？」ビナがつぶやくように訊く。

「実在の人物だってことさえ知らなかった」ビナはわたしの肩に後ろからもたれるようにしている。ビナの髪は、わたしとデスクスタンドのあいだにカーテンのように垂れていた。

「五〇年代のピンナップスターよ」わたしはつぶやく。「その後、強硬な妊娠中絶反対派になった」

「へえ」

「本人も中絶して子供が産めなくなってたから」

「そうなんだ」

わたしたちは書斎の机で、二十二ページもあるジェーン・ラッセルの画像をスクロールしている。ジュエリーをじゃらじゃらつけた写真（『紳士は金髪がお好き』）、胸もとや太ももがあらわな格好で干し草の上に横たわる写真（『ならず者』）、〝ジプシー〟・スカートをふわりと広げた写真（『熱い血』）。わたしたちはピンタレストの助言を求め、インスタグラムの塹壕の底をさらい、ボストンの新聞やボストン関連のウェブサイトをくまなくのぞいて回った。パトリック・マクマランのフォトギャラリーも見た。何も出てこない。

「驚きだよね」ビナが言った。「インターネットを基準にしたら、この世に存在しないも同然の人もいるってことだものね」

アリステアはもっと簡単だった。タイトすぎるスーツのせいでソーセージみたいに見える、二年前の『コンサルティング・マガジン』の記事。〈ラッセル氏、アトキンソンに移籍〉という見出しがついていた。リンクトインのプロファイルにも同じ写真が貼ってある。ダートマス大学の同窓会報には、資金集めパーティで乾杯の音頭を取るアリステアの写真が掲載されていた。

でも、ジェーンはどこにもいない。

さらに意外だったのは、イーサンも見つからないことだった。フェイスブックのページさえ持っていないらしい。フォースクエアなどのSNSにもアカウント登録がなかった。グーグル検索で出てきたのは、同姓同名の写真家に関連する情報だけだった。

「いまどきの子供って、フェイスブックくらい、みんなやってるものじゃないの？」ビナが訊く。

「父親から禁止されてるんだって。携帯電話さえ持ってないのよ」わたしはずり落ちてきたローブの袖をまくり上げた。「しかもホームスクーリングで、学校にも行ってない。ニューヨークには知ってる人がほとんどいないんじゃないかしら。下手したら一人もいないのかも」

「でも、お母さんを知ってる人が一人もいないってことはさすがにないよね」ビナが言う。「ボストンの知り合いとか……誰かいるはず」窓際に立つ。「本人の写真だってどこかにあるはずだよ。今日、警察があの家に行ったんだよね」

わたしは思案した。「今日来たほうの人の写真ならあるのかも。アリステアが警察に何を見せようと、どんな話をしようと、それを疑う理由はない。警察にはあの家を捜索するつもりがないのよ。それは態度にはっきり表れてた」

ビナはうなずき、窓のほうを向いて、ラッセル家を見やった。「ブラインドが閉まってる」

「え？」わたしはビナのとなりに立ち、自分でも見た。キッチン、リビングルーム、イーサンの部屋——どの窓のブラインドもみな下ろされていた。

あの家は目を閉じた。まぶたを固く閉ざしたのだ。

「ね？」わたしは言った。「もうわたしに見られたくないのよ」

「誰だって見られたくないでしょ」

「用心してるってことよ。やましいことがある証拠じゃない？」

「まあ、たしかに怪しいね」ビナは首をかしげた。「いつもブラインドを下ろしてた？」

「一度も。こんなことは初めて。昨日までは、金魚鉢みたいに丸見えの家だったのよ」

ビナはためらった。「ねえ……もしかしたら、もしかしたらだけど……アナも危険かもって思わない？」

考えたこともなかった。「どうして？」わたしはおそるおそる訊いた。

「だって、アナが見たとおりのことが本当に起きたんだとしたら——」

「本当に起きたことよ」

「——そうだとしたら、ほら、目撃証人ってことになるでしょ」

わたしは大きく息を吸いこんだ。もう一度。

「お願い、今日は泊まっていってくれない？」

ビナは眉を吊り上げた。「来ただけでも大サービスなのに？」

「お金は払う」

ビナは半目でわたしを見た。「そういう意味じゃなくて。明日は朝早いし、必要な荷物はみんな――」

「お願い」わたしはビナの目の奥をのぞきこんだ。「お願いだから」

ビナがため息をつく。

45

闇――不透明な真っ黒い闇。防空壕の闇。深宇宙の闇。

やがて、かなたで星がまたたく。光の小さな点が一つ。

近づく。

光は震え、ふくらみ、脈打つ。

心臓。小さな心臓。鼓動する。きらめく。

周囲の闇に光を放ち、絹糸のように細いチェーン。それが照らし出される。ブラウス、亡霊のように真っ白なブラウス。美しい光に縁取られた左右の肩。首筋。手。指は、鼓動する小さな心臓を探っている。

その上に、顔が見える。ジェーンだ。本物のほうのジェーン。光り輝いている。わたしを見ている。微笑んでいる。

わたしも笑みを返す。

次の瞬間、ガラスの板がジェーンの前にすっと現れる。ジェーンが手を押し当て、そこに指先の小さな地図が残された。

ジェーンの後ろの闇がふいに晴れて、背景が浮かび上がる。白と赤のストライプ柄のラブシート。対になったフロアランプにぱっと灯がともる。花盛りの庭のようなラグ。

ジェーンがロケットを見下ろし、愛おしげになぞる。白く発光するブラウスを見る。インクの染みのように広がる血を見つめる。染みはどんどん広がり、大きくなって、襟を舐め、白い肌の上で炎のように燃え盛る。

ふたたび目を上げてわたしを見たとき、その顔は別人になっている。

11 月 6 日　土曜日

46

ビナは七時を少し回ったころ、朝日がカーテンの隙間に手をかけようとしたころに帰っていった。彼女がいびきをかくことを初めて知った。小さく鼻を鳴らすようないびき、遠い波の音のようないびき。意外だった。

わたしはお礼を言ったあと、枕に頭を沈めて、すぐにまた眠った。次に目が覚め、携帯電話を確かめると、十一時になるところだった。

一瞬、電話の画面を見つめた。まもなくエドと話していた。今回は〝だーれだ〟の挨拶は抜きだ。

「信じがたい話だな」短い沈黙のあと、エドが言った。

「でも、ほんとにあったことなのよ」

また沈黙があった。「本当はなかったんだろうとは言ってない。ただ」――わたしは身構えた――「このところずいぶん薬の量が増えていただろう。だから――」

「だから、あなたもわたしの話を疑うのね」

ため息。「いや、疑ってるわけじゃないさ。ただ――」

「わたしの気持ちがわかる？　どんなにもどかしいか」わたしは叫んだ。

エドが黙りこむ。わたしは続けた。

「だって、見たのよ。そうね、薬をのんでたし、それに――それは認めるわよ。だけど、ありもしないことを妄想したりしてない。大量の薬をのんだとしても、ふつう、こんな妄想はしない」わたしは一つ深呼吸をした。「残酷なゲームに感化されて、学校で銃を乱射する高校生と一緒にしないで。わたしが見たものは現実に起きたことなのよ」

エドはまだ黙っている。

まもなく――

「しかし、たとえばだ、理屈で考えて、彼だというのは確かなの？」

「彼って？」

「旦那。旦那が……犯人なのかどうか」

「ビナからも同じことを言われたわ。もちろん、確かよ」

「新しく出てきた女が犯人ってことは考えられない？」

わたしははたと動きを止めた。

エドが取り澄ました声で続ける。口に出しながら考えるときはいつもそうだ。「きみが疑ってるように、その女は愛人なんだとしよう。ボストンかどこかから愛人が訪ねてきた。女同士、喧嘩になる。ナイフが登場する。ナイフじゃないかもしれないが、とにかく武器が持ち出された。それが胸に突き立てられる。この場合、旦那の出る幕はないぞ」

わたしは考える。その筋書きを否定しようとする。でも、たしかに、ありえないことではない。ただ——「犯人の正体はこの際どうでもいいの。いまのところはね。そういう事件が起きたのに、誰もわたしの話を信じないってこと、問題はそこなのよ。ビナだって信じてないんじゃないかと思う。あなたも疑ってるでしょう」

エドの答えはない。わたしはいつのまにか階段を上っていた。オリヴィアの部屋に入る。

「この話、リヴィには黙っててね」わたしは付け加えた。

エドは「はは！」と明るい声を上げて笑った。「言わないよ」それから咳払いをした。

「ドクター・フィールディングの意見はどうだった？」

「まだ話してない」話したほうがいいのはわかっている。

「話したほうがいい」

「今度ね」

沈黙。

「ご近所のほかの人たちはどうしてる？」

答えられなかった。タケダ家も、ミラー家も、あのワッサーマン夫妻でさえ——この一週間ほど、わたしのレーダーに一度も捕捉されていなかった。通りにカーテンが下りたかのようだ。南側の家並みにベールがかかって、存在しないも同然になっている。いまあるのはわたしの家とラッセル家と、そのあいだの公園だけだ。リタのインテリアプランナーはどうしただろう。ミセス・グレーは、読書グループの課題図書に何を選んだだろう。以前は彼らがすることのすべて、近所で起きることのすべてを記録していた。いつ誰が出入りしたか、すべて知っていた。彼らの人生のひとコマひとコマをメモリーカードに保存していた。でもこの一週間……

「わからない」わたしは正直に答えた。

「そっか」エドは言った。「ま、それが健全な状態なんだろうけど」

話を終えて、わたしはまた携帯電話で時刻を確かめた。１１：１１。わたしの誕生日と同じ数字の並び。ジェーンの誕生日でもある。

47

昨日以来、キッチンを避けている。そもそも一階に下りないようにしていた。でもいま、またあの窓の前に立って、公園の向こうの家を凝視している。グラスに赤ワインを注ぐ。何を見たか、自分を疑ってはいない。あふれる血。懇願する目。

この件は終わりとはほど遠い。

ワインをひと口。

48

見ると、ブラインドが開いていた。

家が放心したようにこちらを見ている。わたしに見られていることに気づいて驚いたかのように、目を大きく見開いて見つめている。ズームインし、窓を一つずつ舐め回したあと、リビングルームにピントを合わせた。

汚れ一つない。何もない。ラブシート。その左右に、フロアランプが衛兵よろしく立っている。

ウィンドウシートの上で姿勢を変え、レンズをイーサンの部屋に向ける。イーサンは机の前にガーゴイルの彫像のように首を伸ばして座り、パソコンの画面をのぞきこんでいた。

さらにズームする。画面に表示された文章まで読めそうだ。

通りで動くもの。車だ。サメのように艶やかな車がラッセル家の前の歩道際にすっと停まった。運転席側のドアが胸びれのように動いて開き、冬の厚手のコートを着たアリステアが降りてきた。

まっすぐ玄関に歩きだす。

わたしはシャッターを切る。

彼が玄関前に立ったところで、もう一枚。

具体的な戦略があるわけではない（わたしが計画や戦略を抱いていたことなんて、一度でもあるだろうか）。アリステアの手が血で濡れている現場を写真に収められることはないだろう。彼が訪ねてきて、罪を告白することもないだろう。

でも、見ることなら、わたしにもできる。

アリステアが家に入っていく。わたしは迷わずカメラのレンズをキッチンに向ける。思ったとおり、まもなくアリステアがキッチンに入ってきた。家の鍵をカウンターに置き、コートを脱ぐ。キッチンを出る。

そのまま戻らない。

わたしはカメラを一つ上の階、リビングルームに向けた。

ちょうどそのとき、あの女が現れた。〝ジェーン〟だ。若葉色のセーターが軽やかで華やかな雰囲気だった。

レンズのピントを合わせる。くっきり鮮明に見えるようになった彼女は、フロアランプを一つずつ灯す。わたしは華奢な手を見つめる。長い首、頬にふわりと落ちた髪を見つめる。

嘘つきを見つめる。

まもなく彼女は、ほっそりした腰を左右に揺らしながら部屋を出ていく。

それきりだった。リビングルームは無人だ。キッチンも無人だ。一つ上の階を見ると、イーサンの椅子も空っぽで、パソコン画面はブラックボックスのように真っ暗になっている。

電話が鳴った。

わたしは首をひねる。ほぼ百八十度、真後ろを向く。フクロウみたいだ。カメラを膝に下ろす。

音は背後のどこかで聞こえているが、電話はわたしの手のなかにある。

そうか、鳴っているのは固定電話だ。

キッチンの充電台の上で朽ちかけている子機ではなく、エドの図書室にあるほうの子機だ。そこにもあることをすっかり忘れていた。

まだ鳴っている。遠いけれど、執拗な音。

わたしは動かない。息を殺している。

誰からだろう。前回、固定電話にかかってきたのは……思い出せないくらい前だ。この番号を知っている人がいるということか。わたし自身でさえ、もうあやふやなのに。

また一つ、着信音が響く。

もう一つ。

窓ガラスにもたれて身をすくませる。その冷たさに縮こまる。部屋の一つひとつを順番に思い浮かべた。どの部屋にもあの音が響き渡っているだろう。

また一つ鳴る。

公園の向こうに視線を戻す。

彼女がいた。リビングルームの窓の前に立って、携帯電話を耳に当てている。わたしをまっすぐに見ていた。刺すような視線を向けている。

わたしは片手でカメラをつかみ、はじかれたようにウィンドウシートから立ち上がると、机の前まで退却した。彼女の視線が追ってくる。口もとはきつく結ばれていた。

どうしてうちの番号を知っているの？

わたしはどうやってラッセル家の番号を知ったんだった？　番号案内だ。彼女が番号案内にかけ、わたしの名前を告げ、このまま電話をつないでほしいと頼んでいるところを想像する。わたしに電話をかけ、わたしの家に、わたしの頭のなかに、侵入してくる彼女。

嘘つき。

わたしは彼女を見つめる。挑むように見据える。

向こうもにらみ返す。

また一つ着信音が響く。

そこで別の音が聞こえた――エドの声だ。

「アナとエドの番号です」映画の予告篇のナレーターばりの低くうなるような声だった。その応答メッセージを録音したときの記憶が蘇る。「ヴィン・ディーゼルみたい」わたしが言うと、エドは笑い、さらに低い声で話した。

「あいにく電話に出られません。メッセージを残していただければ、折り返しご連絡します」録音を終えて停止ボタンを押すなり、エドは下手なロンドンなまりでこう続けた。

「気が向いたときにな」

一瞬、わたしは目を閉じて、いま電話をかけてきているのはエドだと想像した。でも聞こえてきたのは、家中に響き渡ったのは、彼女の声だ。

「名乗るまでもないわよね」沈黙。目を開けると、彼女がわたしを見ている。彼女の口が、わたしの耳にねじこまれている言葉の形に動いているのが見える。その効果は劇的だ。

「わたしたちの家の写真を撮るのをやめてちょうだい。警察に通報します」

彼女は電話を耳から離してポケットに入れる。わたしを見つめる。わたしも見つめ返す。

すべての音が消えた。

それから、わたしは部屋を出た。

49

Girlpoolさんから挑戦状が届いています!

チェスのソフトのメッセージだ。わたしは画面に向かって中指を立て、電話を耳に当てる。ドクター・フィールディングの枯れ葉なみにかさついた応答メッセージが流れ、伝言を残すよう促す。わたしは明瞭な発音を心がけながら伝言を吹きこんだ。

エドの図書室にいる。膝に置いたノートパソコンが温かかった。昼の太陽がカーペットに陽だまりを作っている。かたわらのテーブルにメルローを注いだグラスがある。ボトルも。

飲みたくはない。頭をはっきりさせておきたい。考えたいからだ。分析したい。過去三十六時間はすでに遠ざかり、濃霧のように蒸発しようとしている。家が肩を怒らせ、外の世界を振り払おうとしているのがわかる。

飲まないと、頭がすっきりしない。

〈Girlpool〉。つまらない名前だ。ガールプール。渦巻き《ワールプール》。『疑惑の渦巻』。ジーン・ティアニー。ローレン・バコール。〈もう全身に回っている〉

たしかに、全身に回っている。グラスを口もとで傾け、喉を伝い落ちていくワインの奔流、血がしゅわしゅわと沸き立つ感覚を味わう。

〝息を止めて、幸運を祈って〟

〝入れてちょうだいったら！〟

〝大丈夫よ〟

そうよ、大丈夫よ。わたしは鼻先で笑う。

思考は沼のようだ。深くて濁った沼。真実と偽りが一緒くたになって、区別がつかない。よどみきった湿地を好む木は何て言うんだった？　根っこが露出した植物。マン……マンドレイク？　マン何とかなのは確かだ。

男《マン》――デヴィッド。

手のなかでグラスがぐらりと傾いた。

ばたばたして、いろんな騒ぎがいっぺんに起きて、デヴィッドのことを忘れていた。デヴィッドはラッセル家で仕事をした。ジェーンに会ったかもしれない。会ったはずだ。

グラスをテーブルに置いて立ち上がる。よろりと廊下に出る。階段を下りてキッチンに入る。ラッセル家にゆるやかに視線を投げ――見るべき人影はなく、こちらを見ている人影もない――地下室のドアをノックする。初めはそっと。次は少し力強く。大きな声で名前を呼ぶ。

返事はない。眠っているのだろうか。でも、もう午後もなかばだ。

脳味噌の奥でアイデアが閃く。

いけないことだ。それはわかっている。けれど、ここはわたしの家だ。それに、急ぎの用がある。緊急の用件だ。

リビングルームの机のところに行き、抽斗を開ける。あった。鈍い銀色をした、ぎざぎざの歯がついた物体——鍵。

地下室のドアの前に戻る。もう一度ノックする。応答なし。鍵を差しこんで、ひねる。ドアを引き開ける。

きいと音が鳴った。ぎくりとした。

階段の下をのぞくと、何の気配もなかった。ざらざらした漆喰塗りの壁に片手を這わせながら、室内履きを履いた足で静かに暗がりの底へと下りていく。

階段を下りきった。黒いカーテンが引いてある。まるで夜だった。壁を探って電灯のスイッチを入れた。部屋に光があふれた。

地下室に下りるのは二カ月ぶりだ。デヴィッドが内見に来た日から、二カ月が過ぎた。あの日デヴィッドは、リコリスキャンディみたいに真っ黒な目でこの部屋をさっと確かめた。エドの製図台が真ん中にどんと置かれたリビングエリア、細長い寝室エリア、クロームめっきとウォルナット材でできたミニキッチン、バスルーム。そして一度だけうなずいた。

内装にはあまり手を加えていないようだ。というより、ほとんど何もしていない。エドのソファは以前と同じ位置にある。製図台も、水平に固定されているだけで、場所は動いていない。製図台に皿があり、そこにプラスチックのフォークとナイフがX字形に置かれているのが何かの紋章のようだ。工具箱は奥の壁際、通りに面したドアのすぐ横に積んであった。一番上の箱にわたしが貸したカッターナイフが入っていて、小さな舌のような刃が天井灯の光を跳ね返している。そのとなりに本があった。背に折り目がついている。『シッダールタ』。

向かいの壁に黒い華奢な額縁に入った写真が飾られている。この家の玄関ポーチの階段で撮った写真で、わたしは五歳のオリヴィアを両腕で抱き寄せている。二人とも笑顔だ。オリヴィアは乳歯が何本か抜けていて、口もとは隙間だらけだ——「スキップ、すきっ歯、スキッパー」エドはオリヴィアの歯を見て、よくそんな言葉遊びをしていた。

この写真のことは忘れていた。心が少しだけ痛む。なぜまだここに飾られているのだろう。

わたしは寝室エリアに近づいた。「デヴィッド？」いないとわかっていたけれど、おずおずと声をかけた。

シーツは、マットレスの足の側でくしゃくしゃになっていた。枕はプロレスのシザーズ・キックを食らったみたいに大きくへこんでいる。わたしはベッド周りの状況を子細に観察した。枕カバーの上に、金線細工のように螺旋《らせん》を描くラーメンの麺が一本。ベッドの支柱に、しなびててらてらしたコンドームがでろんと一つ。ベッド枠と壁の隙間に、アスピリンのプラスチック容器。上掛けのシーツに、乾いた汗か精液が綴る象形文字が一行。マットレスの端っこに、薄型のノートパソコンが一台。フロアランプに、ベルト状に連なるコンドームのパッケージが巻きついていた。ナイトスタンドにはイヤリングが片方だけあって、きらめいている。

バスルームをのぞく。洗面台はひげの剃りくずだらけで、トイレの便座は上げっぱなしだ。シャワーブースには、小売店のプライベートブランドのシャンプーのひょろ長いボトルが一本と、ちびた石鹼《せっけん》が一つあった。

バスルームからリビングエリアに戻り、製図台に掌をすべらせた。

何かが脳味噌の裏側をつついている。

手を伸ばしてつかもうとすると、逃げられた。

室内をもう一度見回す。写真のアルバムはない。といっても、いまどき写真のアルバムを持っている人はいないだろう（ジェーンは持っていたけど、と心のなかでつぶやく）。CDケースもDVDタワーも見当たらないが、そういったものはおそらく絶滅したのだろう。〝インターネットを基準にしたら、この世に存在しないも同然の人もいるってことだものね〟ビナはそう言っていた。デヴィッドの思い出のすべて、音楽のすべて、デヴィッドの心の扉を開ける鍵のすべて――何もかもがもう存在しない。あるいは、わたしはそのすべてに取り囲まれていると言うべきだろうか。目に見えないだけで、空気中を漂っているのか。ファイルやアイコン、1とゼロ。現実世界の画面には何も映っていない。ヒントの一つ、手がかりの一つ、そこにはない。〝驚きだよね〟

壁の写真をまた見つめる。リビングルームのテレビ下の抽斗、DVDのコレクションが詰まった抽斗を思い浮かべた。わたしは過去の遺物みたいな人間だ。時代に取り残されている。

上の階に帰ろう。

向きを変えたちょうどそのとき、背後で引っ掻くような音が聞こえた。通りに面したドアからだ。

ドアが開く。デヴィッドが驚いた顔で目を瞠《みは》った。

本書で取り上げられた映像化作品（登場順）				
	作品名	製作年	監督	出演
1	**疑惑の影**	1943	アルフレッド・ヒッチコック	テレサ・ライト、ジョゼフ・コットン
2	**知りすぎていた男**	1956	アルフレッド・ヒッチコック	ジェームズ・スチュワート、ドリス・デイ
3	**ギルダ**	1946	チャールズ・ヴィダー	リタ・ヘイワース、グレン・フォード
4	**過去を逃れて**	1947	ジャック・ターナー	ロバート・ミッチャム、ジェーン・グリア
5	**脱出**	1944	ハワード・ホークス	ハンフリー・ボガート、ローレン・バコール
6	**フライングハイ**	1980	ジム・エイブラハムズ、ジェリー・ザッカー、デヴィッド・ザッカー	ロバート・ヘイズ、ロイド・ブリッジス
7	**紳士は金髪がお好き**	1953	ハワード・ホークス	ジェーン・ラッセル、マリリン・モンロー
8	**悪魔のような女**	1955	アンリ＝ジョルジュ・クルーゾー	シモーヌ・シニョレ、ポール・ムーリッス
9	**落ちた偶像**	1948	キャロル・リード	ラルフ・リチャードソン、ミシェル・モルガン
10	**恐怖省**	1944	フリッツ・ラング	レイ・ミランド、マージョリー・レイノルズ
11	**三十九夜**	1935	アルフレッド・ヒッチコック	ロバート・ドーナット、マデリーン・キャロル
12	**深夜の告白**	1944	ビリー・ワイルダー	フレッド・マクマレイ、バーバラ・スタンウィック
13	**ガス燈**	1944	ジョージ・キューカー	イングリッド・バーグマン、シャルル・ボワイエ
14	**逃走迷路**	1942	アルフレッド・ヒッチコック	ロバート・カミングス、プリシラ・レイン
15	**大時計**	1948	ジョン・ファロー	レイ・ミランド、モーリン・オサリヴァン
16	**影なき男**	1934	W・S・ヴァン・ダイク	ウィリアム・パウエル、マーナ・ロイ
17	**影なき男の息子**	1947	エドワード・バゼル	ウィリアム・パウエル、マーナ・ロイ
18	**肉屋**	1969	クロード・シャブロル	ジャン・ヤンヌ、ステファーヌ・オードラン
19	**潜行者**	1947	デルマー・デイヴィス	ハンフリー・ボガート、ローレン・バコール
20	**ナイアガラ**	1953	ヘンリー・ハサウェイ	マリリン・モンロー、ジョゼフ・コットン

21	**シャレード**	1963	スタンリー・ドーネン	オードリー・ヘプバーン、ケイリー・グラント
22	**突然の恐怖**	1952	デヴィッド・ミラー	ジョーン・クロフォード、ジャック・パランス
23	**暗くなるまで待って**	1967	テレンス・ヤング	オードリー・ヘプバーン、アラン・アーキン
24	**ザ・バニシング**	1988	ジョルジュ・シュルイツァー	ベルナール・ピエール・ドナデュー、ヨハンナ・テア・ステーゲ
25	**フランティック**	1988	ロマン・ポランスキー	ハリソン・フォード、エマニュエル・セイナー
26	**サイド・エフェクト**	2013	スティーヴン・ソダーバーグ	ジュード・ロウ、ルーニー・マーラ
27	**カサブランカ**	1942	マイケル・カーティス	ハンフリー・ボガート、イングリッド・バーグマン
28	**スター・ウォーズ**	1977	ジョージ・ルーカス	マーク・ハミル、ハリソン・フォード
29	**街の野獣**	1950	ジュールス・ダッシン	リチャード・ウィドマーク、ジーン・ティアニー
30	**疑惑の渦巻**	1949	オットー・プレミンジャー	ジーン・ティアニー、リチャード・コンテ
31	**ブロンドの殺人者**	1943	エドワード・ドミトリク	ディック・パウエル、クレア・トレヴァー
32	**夜は必ず来る**	1937	リチャード・ソープ	ロバート・モンゴメリー、ロザリンド・ラッセル
33	**ローラ殺人事件**	1944	オットー・プレミンジャー	ジーン・ティアニー、ダナ・アンドリュース
34	**めまい**	1958	アルフレッド・ヒッチコック	ジェームズ・スチュワート、キム・ノヴァク
35	**第三の男**	1949	キャロル・リード	ジョゼフ・コットン、アリダ・ヴァリ
36	**男の争い**	1955	ジュールス・ダッシン	ジャン・セルヴェ、カール・メーナー
37	**ダウントン・アビー（TVドラマ）**	2010～2015		ヒュー・ボネヴィル、エリザベス・マクガヴァン
38	**シュレック**	2001	アンドリュー・アダムソン、ヴィッキー・ジェンソン	（声）マイク・マイヤーズ、エディ・マーフィ、キャメロン・ディアス
39	**ハワーズ・エンド**	1992	ジェームズ・アイヴォリー	アンソニー・ホプキンス、ヴァネッサ・レッドグレーヴ
40	**白い恐怖**	1945	アルフレッド・ヒッチコック	イングリッド・バーグマン、グレゴリー・ペック
41	**デッド・カーム**	1989	フィリップ・ノイス	ニコール・キッドマン、サム・ニール

42	**レベッカ**	1940	アルフレッド・ヒッチコック	ジョーン・フォンテイン、ローレンス・オリヴィエ
43	**見知らぬ乗客**	1951	アルフレッド・ヒッチコック	ファーリー・グレンジャー、ロバート・ウォーカー
44	**ウィッカーマン**	2006	ニール・ラビュート	ニコラス・ケイジ、エレン・バースティン
45	**ロープ**	1948	アルフレッド・ヒッチコック	ジェームズ・スチュワート、ファーリー・グレンジャー
46	**北北西に進路を取れ**	1959	アルフレッド・ヒッチコック	ケイリー・グラント、エヴァ・マリー・セイント
47	**バルカン超特急**	1938	アルフレッド・ヒッチコック	マーガレット・ロックウッド、マイケル・レッドグレーヴ
48	**ミスター・エド（TV ドラマ）**	1958		コニー・ハインズ、アラン・ヤング
49	**アダムス・ファミリー**	1991	バリー・ソネンフェルド	アンジェリカ・ヒューストン、ラウル・ジュリア
50	**ならず者**	1943	ハワード・ヒューズ	ジェーン・ラッセル、ジャック・ビューテル
51	**熱い血**	1956	ニコラス・レイ	ジェーン・ラッセル、コーネル・ワイルド
52	**ゲーム・オブ・スローンズ（TV ドラマ）**	2011～2019		エミリア・クラーク、キット・ハリントン、ソフィー・ターナー
53	**裏窓**	1954	アルフレッド・ヒッチコック	ジェームズ・スチュワート、グレイス・ケリー
54	**サイン**	2002	M・ナイト・シャマラン	メル・ギブソン、ホアキン・フェニックス
55	**ローズマリーの赤ちゃん**	1968	ロマン・ポランスキー	ミア・ファロー、ジョン・カサヴェテス
56	**ボディ・ダブル**	1984	ブライアン・デ・パルマ	クレイグ・ワッソン、メラニー・グリフィス
57	**欲望**	1993	スティーヴン・ギレンホール	デブラ・ウィンガー、バーバラ・ハーシー
58	**誰かが狙っている**	1960	デヴィッド・ミラー	ドリス・デイ、レックス・ハリソン
59	**海外特派員**	1940	アルフレッド・ヒッチコック	ジョエル・マクリー、ラレイン・デイ
60	**黒の誘拐**	1956	ヘンリー・ハサウェイ	ヴァン・ジョンソン、ヴェラ・マイルズ
61	**グッド・ワイフ（TV ドラマ）**	2009～2016		ジュリアナ・マルグリーズ、マット・ズークリー
62	**シャム猫 FBI／ニャンタッチャブル**	1965	ロバート・スティーヴンソン	ヘイリー・ミルズ、ドロシー・プロヴァイン

本書は、二〇一八年九月に早川書房より単行本
として刊行された作品を文庫化したものです。

訳者略歴　英米文学翻訳家，上智大学法学部国際関係法学科卒　訳書『グレイ』ジェイムズ，『トレインスポッティング0　スキャグボーイズ』ウェルシュ（以上早川書房刊），『ガール・オン・ザ・トレイン』ホーキンズ，『スティール・キス』ディーヴァー，『烙印』コーンウェル他多数

HM=Hayakawa Mystery
SF=Science Fiction
JA=Japanese Author
NV=Novel
NF=Nonfiction
FT=Fantasy

ウーマン・イン・ザ・ウィンドウ
〔上〕

〈NV1478〉

二〇二一年三月十日　印刷
二〇二一年三月十五日　発行

著者　A・J・フィン
訳者　池《いけ》田《だ》真《ま》紀《き》子《こ》
発行者　早川　浩
発行所　株式会社　早川書房

（定価はカバーに表示してあります）

郵便番号　一〇一 - 〇〇四六
東京都千代田区神田多町二ノ二
電話　〇三 - 三二五二 - 三一一一
振替　〇〇一六〇 - 三 - 四七七九九
https://www.hayakawa-online.co.jp

乱丁・落丁本は小社制作部宛お送り下さい。
送料小社負担にてお取りかえいたします。

印刷・中央精版印刷株式会社　製本・株式会社フォーネット社
Printed and bound in Japan
ISBN978-4-15-041478-8 C0197

本書は活字が大きく読みやすい〈トールサイズ〉です。